SUGAR DRAGON: EDIZIONE ITALIANA

ITALIANA

AMORI E AVVENTURE A KINSHIP COVE

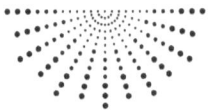

ELLIS LEIGH

Traduzione di
SILVIA BARATTA

1
GINGER

Le pasticcerie attiravano i ragazzi come vere e proprie calamite. Come succedeva con le donne al parco, di fronte ai cani e ai bambini degli uomini single? Ecco, dolci e caffè richiamavano i maschi di Kinship Cove a frotte. Ed era per quello che lavorare nella propria pasticceria, l'unica della città – 'Fondenti e Contenti', nome che era stato assolutamente una mia idea – era un totale successo, per me. Avevo una bella scelta tra gli uomini del posto, o almeno l'*avevo avuta*. Ero abbastanza sicura di essermi già fatta l'intera lista degli scapoli che non erano imparentati con me, di quelli che 'anche se fosse che male c'era' e, in ogni caso, di quelli che non puzzavano.

Non era colpa mia se ero insofferente verso gli odori corporei; ero un'umana in una città piena di mutaforma di vari tipi, e il fattore odore era diventato un buon metro di misura per decidere se l'uomo ne valeva la pena.

Mai incontrato una puzzola mutaforma? O magari un furetto? Già. Le mie lenzuola costavano troppo da rischiarle per qualsiasi eventualità di... odori persistenti.

Tutti gli altri uomini? Già uscita con loro. Insomma, avevo già dato, probabilmente. Forse anche più di una volta, ma ne dubitavo. In fondo ero una ragazza 'mordi e fuggi'. Mi serviva carne fresca: ecco perché il più grande matrimonio dell'anno nella comunità dei mutaforma, che si svolgeva proprio lì nella nostra cittadina, era un tale dono. Stavano arrivando da tutto il paese orde di uomini mai visti, e la nostra pasticceria era impegnata come non mai. In pratica avevo libera scelta del mio tipo preferito di uomini: alti, mori, belli e in città solo per pochi giorni. Tutti a mia disposizione.

Tranne uno.

"È tornato il bell'uomo." Feci un sorriso al gran figo che era appena entrato dalla porta d'ingresso mentre infilavo un vassoio dei miei unicorn cupcake – tra i più amati dalla clientela – nella vetrina del bancone. Nessun unicorno aveva subito violenze nella realizzazione dei suddetti cupcake, e sì, avevo dovuto mettere l'avviso sotto il cartellino in vetrina perché i mutaforma non si preoccupassero. "Cosa ti riporta qui? E se dici qualcosa che non include mia sorella, potrei anche castrarti."

Non stavo scherzando, anche se mi assicurai di mantenere un sorriso smagliante sul viso. Magnus era capitato nella nostra pasticceria il giorno prima e si era preso una cotta per mia sorella Coco. Una cotta abbastanza grande da averla subito invitata a uscire, e i due avevano passato insieme la serata. Solo a cena, però, da quel che diceva lei. Niente sesso. Peccato, perché quell'uomo era bello con la B, la E, le L e la O maiuscole. E fuori dalla mia portata.

Era anche molto disinvolto. "Grazie per l'avvertimento ma stai tranquilla, sono qui per Coco."

Totalmente fuori portata. "Bene. Vieni sul retro, sta lavorando a un ordine di macaron per un evento."

Presi un pezzo di carta cerata dal dispenser e afferrai una pasta per lui, una che – sapevo per esperienza – piaceva a tutti gli uomini in città. Mia sorella avrebbe potuto accumulare parecchie miglia in viaggi da un letto all'altro se solo avesse sfruttato le sue abilità. Abilità culinarie. E… altre. Entrambe le mie sorelle – Coco, quella seria, e Madeleine, quella timida e un po' sognatrice – erano in generale più riservate di me. Coco almeno andava a qualche appuntamento, Madeleine proprio no. Io? Io bastavo a compensare entrambe. Ampiamente. Ma non avrei coinvolto l'uomo di cui Coco sembrava essersi perdutamente innamorata. Quei due dovevano solo passare al lato più pratico delle cose… preferibilmente insieme, sul letto. Nudi.

Ed ecco che non mi sarei più tolta dalla testa l'immagine di Magnus nudo. Ovviamente.

"Torta bretone al burro." Porsi all'uomo il panino al burro, nel quale incanalai tutta l'energia del 'portati-aletto-mia-sorella'. Che male c'era, no? "Coco ha fatto pratica con un pasticcere francese dopo la scuola di cucina. I suoi éclair sono buoni da morire, ma queste sono un classico."

Mi parve di sentirgli scappare un gemito, al primo morso. Non potevo biasimarlo. "È deliziosa."

"Vero, e le fa tutti i giorni. Se sei fortunato magari te le farà anche a casa." Mi voltai e oltrepassai la porta della cucina indietreggiando, facendogli un enorme sorriso. "Spero non ti dispiaccia dover fare un po' più di ginnastica."

Il solo fatto che alzò gli occhi al cielo lo rese ancora più affascinante. Capelli brizzolati, un corpo che urlava 'MI ALLENO' più forte di una canzone degli LMFAO, e pure il senso dell'umorismo? Mia sorella aveva vinto il jackpot con quel tizio. La stronzetta.

"Ehi, donna dei biscotti," gridai non appena feci entrare Magnus nel regno della farina e del burro e di tutte le cose deliziose. Anche detto 'cucina'. "Hai una consegna."

La mia povera, tormentata sorella non alzò neppure lo sguardo, rimanendo invece concentrata su un vassoio di macaron rosa. "Cinque minuti. Dammi solo cinque minuti per metterli insieme prima che la crema si indurisca troppo e non riesca a farli attaccare bene."

Magnus le rispose prima che potessi farlo io. "Posso aspettare."

La testa di Coco si alzò di scatto, i suoi occhi scuri fissi sull'uomo dietro di me. Quello era probabilmente il momento buono per... essere in un qualsiasi altro posto che non fosse in mezzo a loro. Scivolai in fondo alla cucina, fino al corridoio che portava alla cella frigo. Usavamo quello spazio per lo più come deposito – c'erano più confezioni di alluminio lì che in un... beh, un posto che produceva confezioni di alluminio – anche se pure mia sorella minore lo usava come nascondiglio. La trovai proprio di fronte al frigo, con un'aria un po' persa mentre fissava un pannello forato ricoperto di beccucci per sac à poche.

"Perso qualcosa?"

Lei aggrottò ancora di più la fronte. "Non mi vengono bene i merletti di glassa sulla torta nuziale, quindi ho pensato di provare con un beccuccio diverso. Sono nuovi quei sandali?"

Girai la gamba e sollevai un tallone. "Sì. Ti piacciono?"

Madeleine annuì, con gli occhi ancora lontani dagli zoccoli rossi e marroni dipinti a mano che avevo cercato ovunque nelle ultime tre settimane. "Sono bellissimi. Quanto dureranno?"

O meglio: per quanto tempo li avrei indossati prima di gettarli in fondo all'armadio, per poi non pensarci mai più? "Finché non ne usciranno di nuovi e meravigliosi. Come sempre."

Lei scosse la testa nella mia direzione. "Non sei mai contenta di quello che hai. E il lupo?"

Cioè, la torta dello sposo. La sposa e lo sposo erano entrambi mutaforma – lupi mutaforma, per essere precisi – quindi la coppia aveva richiesto una torta scolpita a forma di lupo che ululava, per la loro cena di prova. Banale ma fattibile. La futura sposa, una donna di nome Fiona, aveva riso quando le avevo detto proprio così.

La sua risposta? *"Tesoro, siamo mutaforma. Viviamo praticamente di banalità e luoghi comuni."*

E così, detto fatto: un lupo ululante in 3D.

Non lo avrei mai detto a Coco, ma Fiona mi piaceva. Era forte e indipendente, sfacciata e un po' selvaggia. E si era vista rifilare l'ex di Coco come compagno di vita, per qualche stupidaggine del destino cosmico. Quasi tutti i mutaforma dovevano praticamente mollare tutto non appena incontravano il proprio cosiddetto 'vero compagno di vita', semplicemente perché l'universo gli aveva fatto il lavaggio del cervello, convincendoli che quella persona fosse perfetta per loro.

Che stronzata.

Ma bando alle ciance. "La torta dello sposo è pronta e imbucata nella tana per la notte. Devo solo finire qualche altra decina di cupcake per gli addii al celibato e al nubilato." Cupcake alcolici: quelli rovesciati con rum e ananas, quelli al Rumchata con cioccolato fondente, e angel food cake con fragole affogate nella vodka. Fiona di certo sapeva come organizzare un bel party, e io sapevo come mandarlo avanti con una bella spinta. Alcol e zucchero... perfetti.

"Troppe cose da ricordarsi." Madeleine scosse la testa e afferrò un piccolo beccuccio argentato dall'enorme raccolta di lucidi beccucci argentati. "Immagino che Coco abbia quasi finito con i macaron."

I biscotti per cui era famosa mia sorella. "Sembrava di sì, anche se Magnus è appena arrivato a distrarla."

"L'uomo di ieri, quello con qualche anno in più?" 'Qualche anno in più' perché aveva del grigio alle tempie e nella barba. "Sono una bella coppia."

E così teneri; lui sembrava un bravo ragazzo. Ma... "Peccato che siano destinati a lasciarsi."

Madeleine ruotò sui tacchi come al rallentatore. Molto in stile film horror. "Non può essere tanto più grande di lei."

Io sbattei gli occhi. Poi un'altra volta. "Non parlavo mica della differenza di età."

L'imbarazzo di mia sorella le salì al collo, fino a colorarle le guance di un bel rosso. "Oh. Credevo che... Beh, mi sbagliavo. Ma comunque, perché dici che sono destinati a lasciarsi? Magari si innamorano."

Con il pollice indicai alle mie spalle, verso la cucina dall'altra parte del muro. "Quella cosa lì? Gli occhioni dolci? Quella è libidine. E la libidine va bene, più che bene. È incredibile e potente e perfetta per una notte o due, ma non puoi confonderla con l'amore. Ti si spezzerà il cuoricino, altrimenti."

Testa inclinata e occhi castani fissi nei miei, Madeleine mi fece il broncio. "E tu come fai a sapere la differenza?"

Mia sorella minore era tanto dolce quanto innocente, ma molto probabilmente ancora vergine. Non che fosse una brutta cosa, ma io ero ormai lontana dal rivendicare quel titolo. Erano argomenti da trattare con delicatezza. "L'amore è... calmo. Paziente. È silenzioso. Tutta quell'eccitazione travolgente non è amore, è la libidine che cerca di attirare l'attenzione. L'amore non ha bisogno di tirarsela tanto."

"Ma se fosse amore a prima vista?"

Stile favola; non mi sorprendeva. "Quello vale solo nelle storie inventate, e per quei poveri mutaforma incastrati dal destino. Non vale per noi."

Quelle sue labbra perfette da bambolina – diamine, era davvero la più carina di noi tre, e la odiavo un po' per quello – tornarono a imbronciarsi. "Non mi fido, Ginger."

Io alzai le spalle perché, davvero, cosa potevo rispondere? Avrebbe imparato da sola. Probabilmente nel peggior modo possibile, se credeva di vivere nel mondo di Cenerentola. Con l'affascinante principe, la scarpetta e lui che mandava guardie in ogni dove a cercare il suo amore perduto. L'epoca presente, invece, era quella delle 'occasioni perdute' su Craigslist, di Facebook, e del salutarsi online con le foto dei propri genitali. A chi serviva la scarpetta?

Afferrai un vassoio di cupcake dalla cella frigo e mi diressi al bancone, pensando di rifornire la vetrina per la clientela del brunch. Ultimamente mi ero fissata con i cupcake dolci-salati. Sul vassoio che avevo preso c'erano quelli con french toast, sciroppo d'acero e bacon, quelli con fragole e pretzel, e i miei preferiti, i 'Fritos caramel'. Sì, mettere una patatina di mais su un cupcake suonava strano, ma quando il suddetto cupcake alla vaniglia era ripieno di una lussuriosa salsa al caramello, ricoperto di crema di burro al caramello, guarnito da granella di patatine Fritos, e rifinito con una Fritos intera e un filo di salsa al caramello, allora diventava il cupcake dolce-salato per eccellenza. Per la delizia di tutti. Parola mia.

Ma ormai mi stava passando anche la fissa del dolce-salato. Dovevo provare qualcosa di nuovo, dovevo tornare a sperimentare e concentrarmi su qualcos'altro. Avevo bisogno di una nuova ossessione. Coco amava dire che avevo poca capacità di attenzione, ma io preferivo pensare che il mio costante desiderio di cose più nuove e più belle e più buone fosse soltanto uno stancarmi della normalità. I miei cupcake potevano anche andare a ruba, ma alla fine mi sarei stancata di una particolare combinazione di sapori e avrei voluto voltare pagina. Quindi avrei voltato pagina. Mi piaceva cercare nuovi e diversi modi di esplorare i profili aromatici, di mescolare e abbinare cose che la maggior parte delle persone non avrebbe mai affiancato. Mi piacevano novità e freschezza sia nel lavoro che nella vita privata. Mio padre diceva che ero volubile; io mi consideravo avventurosa.

"Oh, grazie al destino sei qui." Misty – responsabile del negozio e del servizio clienti, nonché esperta in tutto ciò che riguardava i mutaforma, essendo lei stessa una mutaforma – mi corse incontro non appena fui oltre la porta che dava sull'ingresso della pasticceria. "Mia madre ha bisogno di me al locale per un po', e Coco è appena uscita per un brunch con Magnus. Puoi coprirmi tu, così vado a vedere che i miei non mandino tutto a fuoco o cose del genere?"

La famiglia di Misty aveva una piccola tavola calda in fondo alla strada. Era così che avevamo conosciuto la ragazza: lei lavorava lì, mentre io e le mie sorelle pianificavamo la nostra futura attività davanti a caffè e torta fatta in casa. Misty si era praticamente arruolata da sola quando alla fine avevamo aperto la pasticceria, il che aveva funzionato davvero molto bene per noi. Noi impastavamo, lei vendeva, e facevamo tutte qualche soldo mettendo il sorriso ai nostri clienti. Successo totale.

La ragazza prendeva estremamente sul serio il suo lavoro al bancone, quindi se diceva di dover andare, era per forza successo qualcosa alla tavola calda. "Certo. Nessun problema."

"Sei una benedizione."

Le feci un sorriso, e l'occhiolino. "È quello che dicono tutti."

Misty rise e si precipitò fuori dalla porta, lasciandomi da sola con confezioni su confezioni di paste deliziose. Tra quelle e l'intenso profumo del caffè al fuoco, ci sarebbe stata di sicuro la piena all'ora di pranzo. Era una giornata bella e soleggiata, così aprii la porta d'ingresso, accesi un ventilatore per aiutare a diffondere all'esterno i profumi della pasticceria, e mi sistemai dietro al bancone. Trappola pronta.

Non ci volle molto per catturare la prima preda del giorno. "Sheldon! Come stai?"

Sheldon Pierce – lupo mutaforma, un po' timido, amava fissarmi il décolleté quando ballavamo insieme – mi fece un sorriso mentre entrava, con una donna dietro di lui. "Ehi, Ginger. Questa è la mia compagna, Ali. Abbiamo sentito il profumo di dolci dal fondo della strada e ci è venuto in mente di prenderci un paio di scone."

"Sì, perfetto." La donna mi fece un sorriso timido. Niente più balli per me e Sheldon allora, con quella ragazza adorabile che si ritrovava al braccio. Quasi mi dispiaceva per lei: Sheldon non era proprio un talento, a letto. Me l'ero portato a casa una notte, solo una, e ricordavo di essere stata terribilmente contenta quando se ne era andato, prima che si facesse mattina. Anzi, ero abbastanza sicura che non mi avesse fatto venire neanche una volta. Senza un buon passaggio di palla, era dura fare gol. E non si vinceva la partita. A buon intenditore... Una vita intera di sesso senza lieto fine, tutto perché il destino mistico aveva deciso che *quello* era l'uomo perfetto per me? No, grazie.

Non lo avrei mai detto né all'uno né all'altra.

"Congratulazioni per il vostro accoppiamento, non lo sapevo." Rivolsi a entrambi il mio più grande sorriso e mi spostai dietro la vetrina del bancone. "Che ne dite di un paio di scone alla vaniglia" – *i più banali possibile, proprio come Sheldon a letto* – "e del caffè? Offre la casa, ovviamente. Consideratelo il mio regalo per la vostra unione."

Sheldon abbassò lo sguardo sulla sua compagna, poi annuì quando la vide sorridere. "Fantastico."

L'ora successiva passò allo stesso modo: entrarono diversi uomini del posto, con la maggior parte dei quali ero uscita una volta o l'altra, che chiedevano qualcosa dalla vetrina insieme a una tazza di caffè. O a volte di tè. Lavorare al bancone dava modo di provarci con i clienti – e chi poteva resistere a occasioni del genere? – e di fare un tuffo nel passato. Così tanti uomini, tutti già conosciuti, e notti passate nel migliore o nel peggiore dei modi. Mio dio, dovevo uscire di città più spesso. Ero abbastanza sicura di essere uscita con tutti gli scapoli disponibili che abitavano a Kinship Cove.

Alcuni dei ragazzi del posto avevano voluto da me più di quanto fossi disposta a dare: più del mio tempo, più del mio interesse, più impegno da parte mia. Si dividevano in: quelli felici di vedermi, che speravano cambiassi idea e uscissi di nuovo con loro, e quelli irritabili. Come se il loro non essere abbastanza interessanti fosse in qualche modo colpa mia.

Ok, forse lo era un pochino.

Più o meno.

Non potevo mica comandare alla mia testa. Lì dentro niente durava a lungo, niente attirava la mia attenzione e poi rimaneva, tranne le mie sorelle e la nostra pasticceria. Loro sarebbero rimaste con me per un bel po', ma il resto? Cose fugaci. Distrazioni. Giocattoli di cui dimenticarsi prima o poi. Se solo fosse valsa la pena ricordarsene...

In quel momento entrò un uomo, e tutti i miei pensieri... dileguati.

Cervello... fritto.

Slip... bagnati.

Buon dio, era la cosa più sexy che avessi mai visto. Alto e muscoloso ma non grosso, con una chioma di capelli neri striati di grigio e gli occhi più azzurri che avessi mai visto. Un bel figo brizzolato che sembrava pronto a mangiarmi viva, e assolutamente capace di farlo. E del tutto nuovo in città.

Bingo.

"Ma ciao. Benvenuto a..."

"Sai di cannella."

"Io... beh, lavoro in una pasticceria." Gli feci il mio miglior sorriso, quello che da adolescente avevo perfezionato davanti allo specchio. Quello che avrebbe dovuto dire 'ehi, tu sei figo e io sono disponibile, quindi divertiamoci un po" in modo non troppo diretto. "È praticamente inevitabile."

Lui spostò quei suoi occhi fatti di onde dell'oceano lungo tutto il mio corpo, con una certa avidità nello sguardo. "La cannella è la mia preferita."

Non c'erano dubbi su dove stesse andando a parare. "Credo sia la frase più strana che mi abbiano mai detto, per rimorchiarmi."

L'uomo mi lanciò un sorriso sfacciato che mi fece tremare le ginocchia e mi tolse il respiro. Ma poi aprì la bocca.

"Chi ha detto che stavo cercando di rimorchiarti, Fiamma?"

Come niente, l'attrazione poteva anche trasformarsi in rabbia. Specialmente alla possibilità di essere respinti da qualcuno. Ma facevo più bella figura a incavolarmi per il soprannome che mi aveva appena affibbiato. "Fiamma?"

"Sì, perché ti si incendiano praticamente gli occhi quando ti emozioni."

"Non è vero."

"Come vuoi." Il tizio diede un'occhiata al banco dei dolci e alzò il mento. "Prendo una di quelle ciambelle croccanti alla cannella e una tazza di caffè. Con la panna e una spolverata di cannella, grazie."

"Ti piace *sul serio* la cannella."

"Non sai quanto."

Era mica... Quell'uomo era appena riuscito a pronunciare una frase del tutto innocente nel modo più osceno possibile. Io non avevo idea di come, con parole così semplici, avesse potuto accendere in me un fuoco che aveva iniziato a bruciarmi tutta. Sul serio, nessuna idea. Quello che sapevo era che lo volevo subito fuori dal mio negozio. Più nello specifico, lo volevo fuori dal mio negozio e dentro casa mia. Preferibilmente nel mio letto. Ma a quanto pareva, lui non voleva la stessa cosa. Forse era sposato? Probabilmente no, visto che non aveva un anello al dito... come se non avessi già controllato. Non ero una dilettante.

Si parlava di Kinship Cove, però, patria di centinaia di tipi di mutaforma. Magari il figo aveva una compagna predestinata a casa ad aspettarlo. Sì, probabilmente era già accoppiato. Insomma... potevano anche esserci altri motivi per cui lui non fosse interessato a chiedermi di uscire. Non ero così arrogante da pensare di essere il tipo giusto per *tutti*. Mi ero solo aspettata qualcosa di più di uno stupido soprannome e di una totale chiusura da parte di quel tizio, per qualche motivo.

Ma perché mi faceva così male il petto? Ero forse... triste? Per un uomo che non ricambiava le mie attenzioni? Che diavolo di problemi avevo?

"Tutto ok lì dietro, Fiamma?"

Allora sbattei gli occhi, e guardai la tazza di caffè vuota che avevo in mano. Quella che tenevo in mano da almeno un minuto, mentre il cervello cercava di decifrare la reazione del mio corpo a Mr Soprannominatore. O quel che era.

"Sì. A posto." Preparai il caffè, afferrai una ciambella e andai dritta alla cassa, con il sorriso sempre fermo sulla faccia. E non quello provocante, che ci avevo messo tanto a perfezionare. Non se lo meritava. "Sono quattro dollari."

Il bicipite che gli si gonfiò mentre allungava la mano al portafoglio *non* attirò affatto la mia attenzione. No. Per niente.

"Quattro è un numero interessante, non credi?"

Distolsi a forza gli occhi dal braccio dell'uomo, chiedendomi come avessi fatto a ritrovarmi a una lezione di matematica delle elementari. "Mmh?"

"Quattro." Mi porse i contanti, e le sue dita sfiorarono le mie spedendomi brividi su per il braccio. "Due più due."

"Quindi sei stato promosso all'asilo. Ottimo lavoro."

Alzando un solo angolo della bocca, il suo sorriso si fece compiaciuto. "Sì, all'asilo e oltre. Anche in biologia. Fisiologia. Anatomia."

Oh, dio. "Ti piace studiare il corpo umano, allora?"

I suoi letali occhi azzurri mi scrutarono per bene il petto, divorandomi con uno sguardo. "Abbastanza. Ma mi piace ancora di più studiare i corpi che interagiscono. Mi affascina come riescano a incastrarsi perfettamente."

"Ci credo." Lasciai cadere il suo resto sul bancone. "Goditi la tua ciambella e buona giornata."

Lui scosse la testa, e il sorriso gli si allargò ancora di più. "Grazie per la chiacchierata, Fiamma."

"Non mi chiamo Fiamma."

"Oh, sì invece." L'idiota mi fece pure l'occhiolino mentre usciva dalla porta in retromarcia.

Misty gli passò accanto mentre rientrava in negozio, guardandolo attentamente. Sembrava addirittura preoccupata. "Chi era quello?"

"Solo un cliente." Non succedeva spesso che Misty fosse presa alla sprovvista, ma in quel momento lo era di sicuro. "Perché? Che c'è, volpetta?"

Lei alzò le spalle, ancora turbata. "Non sono riuscita a inquadrarlo."

'Inquadrarlo'. Cioè, quale tipo di mutaforma fosse. Mmh, non ci avevo pensato. "Magari è umano."

"Gli umani non hanno un così bell'aspetto a quell'età. Senza offesa."

Non aveva torto. "Tranquilla."

"Stai attenta con quello, almeno finché non riesco a capire cos'è."

"Allora non stare a preoccuparti. Non ho intenzione di interagire mai più con quel cretino."

Quel cretino... da cui non ero riuscita a staccare gli occhi.

Quel cretino... che mi aveva completamente travolta.

Quel cretino... che avrei aspettato di veder tornare alla pasticceria l'indomani.

Già. Proprio quello. Cacchio.

2

GINGER

A vevo per la testa i cupcake.

Era passato da un bel po' l'orario di chiusura della pasticceria, ero a casa da ore, eppure non riuscivo a togliermi i dolci dalla testa. Dopo una chiamata di gruppo con le mie sorelle per passare in rassegna quel che mancava per l'indomani – e per discutere della vita amorosa molto improvvisa ed emozionante di Coco con il bel Magnus – mi ero messa a pensare a qualcosa di nuovo da provare. In particolare, a come fondere i sapori per creare incredibili e irresistibili delizie per i clienti di 'Fondenti e Contenti'. Delizie che non avevo mai provato prima. Qualcosa di nuovo e intrigante. Ma per quanto restassi seduta sul divano con blocco note e playlist preferiti – quelli apposta per le ottime idee – i pensieri continuavano a girarmi a vuoto. Almeno per quanto riguardava i dolci.

Su altre cose, invece, non riuscivo a *non* concentrarmi. Come la cannella. E i cretini.

Di certo non aiutava che il cretino che quella mattina in pasticceria mi aveva chiamato Fiamma fosse la più grande distrazione che avessi mai incontrato in vita mia. Quei capelli brizzolati e quegli occhi azzurri mi saltavano in testa ogni volta che cercavo di mettermi a pensare, e tutta l'irritazione per il fatto che mi avesse chiamato come gli pareva, invece di chiedermi il nome come un gentiluomo, mi stava facendo seriamente impazzire. Soprattutto perché non sapevo il *suo*, di nome. Forse gliene avrei affibbiato uno come aveva fatto lui con Fiamma. Mr Sbagliatore-Di-Nomi.

No.

Mr Soprannominatore.

Anche peggio di prima.

Nomy McNomen, sindaco di Soprannominton.

Bah, quello non mi suonava bene neanche in testa.

In qualsiasi modo avessi poi deciso di chiamarlo, mi era talmente entrato nei pensieri da aver preso alloggio nella mia testa. Nessun uomo c'era mai riuscito: quando pensavo al lavoro, pensavo *solo* al lavoro. Quando volevo imparare qualcosa di nuovo, mi concentravo su ogni dettaglio e tenevo lontani i progetti meno importanti. Qualunque cosa facessi, la facevo con tutta la mia attenzione e concentrazione. Fino a lui.

No, lui non me l'ero fatto.

Oddio, l'idea di *farmelo...* proprio lì nel soggiorno... sul pavimento. Sì, sarebbe successo esattamente così. Con tutto quell'ardore nei suoi occhi? Troppo appassionato da aspettare di arrivare alla camera da letto, troppo esigente da lasciarmi scappare in un posto comodo e riservato. Appena la porta si fosse chiusa mi avrebbe presa, gettata a terra, strappati gli slip e si sarebbe spinto dentro di me senza preamboli. Al diavolo la comodità. Riuscivo praticamente a vederlo; praticamente a sentire i suoi occhi su di me. Quasi a gustarmelo...

"Cacchio." Gettai da una parte il blocco note. La serata non stava andando come avrei voluto. Un drink. Avevo decisamente bisogno di uscire di casa e trovarmi qualcosa da bere. E magari qualcuno che mi distraesse un po', e avesse almeno la decenza di chiedermi prima il nome. Per distogliermi da Mr Adoro-La-Cannella.

Neanche quel nome funzionava. Avrei dovuto pensarci un po' su.

Dopo mezz'ora di preparativi e dieci minuti d'auto, entrai nel bar che mi piaceva di meno tra tutti quelli della zona. Era un luogo quasi esclusivamente turistico, uno dove la gente del posto andava raramente. Perfetto per quello che mi serviva quella sera: carne fresca. Persone che non mi conoscevano, con cui non avevo già condiviso qualcosa. Mi serviva gente nuova, e tutta la dannata città era piena di visitatori per il matrimonio di Nico e Fiona. Quel bar sembrava perfetto.

"Un mojito, grazie," dissi al barista appena si avvicinò. Si chiamava Johnny. Umano, si era trasferito a Kinship Cove qualche anno prima, con già una buona conoscenza dei mutaforma e della paranormalità rispetto alla maggior parte delle persone, e tendeva a stare sulle sue. Aveva un'aria da bel ragazzaccio; un po' brusco, un po' pericoloso a prima vista. Un po' sexy. Aveva l'aspetto di uno che passava tutto il sabato sera a sculacciare la sua donna, e poi la domenica mattina le invertiva le gomme all'auto senza che lei glielo chiedesse, perché sembravano un po' usurate. Era anche un po' più grande di me: i suoi capelli iniziavano a ingrigirsi alle tempie. Proprio come il tizio di quella mattina in pasticceria. Quello che mi aveva chiamato Fiamma.

Maledetto.

"Ecco a te, Ginger. Fammi sapere se vuoi qualcos'altro." Johnny mi fece l'occhiolino e si diresse al bar a prendere gli ordini dei drink. Lo guardai allontanarsi – perché come resistere, quando aveva un sedere perfetto stretto in quei jeans consumati? – prima di darmi un'occhiata intorno. In cerca di qualcuno con cui parlare. Qualcuno a cui dare la mia attenzione. Qualcuno come il tipo moro che mi fissava dall'altra parte del bar. Nessuna ragazza al fianco, mi guardava come se gli piacesse quello che vedeva, e di sicuro non era di Kinship Cove. O, almeno, non uno che conoscevo io. Bingo.

Pronta a giocare, gli feci *lo sguardo*. Quello famoso: leggero sorriso, testa inclinata in modo provocante, preciso contatto visivo e minimo cenno della testa. Lo sguardo 'forse riuscirai a portarmi a casa se giochi bene le tue carte'. Non che cercassi così tanto; volevo solo qualche drink, della buona conversazione e un modo per dimenticare la giornata. Se dovevo usare un po' di sex appeal per ottenerlo, allora ok.

Il mio obiettivo accettò l'invito, si allontanò dal bar e mi venne incontro. Aveva un sorrisetto presuntuoso sul viso – da far passare qualsiasi voglia – e camminava a passi lunghi, e lenti. Quasi come… al rallentatore.

Oh cavolo, se era un bradipo mutaforma allora davo fuori di matto.

"Ciao," mi disse quando infine – e dico *infine* – mi fu accanto.

"Ciao a te." Lo osservai dalla testa ai piedi. Jeans scuri, camicia attillata, maniche tirate su per attirare lo sguardo sugli avambracci impressionanti, e quel sorrisetto. Davvero non il mio tipo, ma non volevo ancora darmi per vinta. "In città per il matrimonio?"

"Sì. La mia banda ha fatto dei lavori per il capo del clan della sposa."

Essendo io cresciuta in una città piena di mutaforma, le parole avevano un significato diverso per me rispetto alla popolazione generale. L'uomo aveva detto 'banda', e anche se tecnicamente avrebbe potuto riferirsi a una vera e propria band musicale, secondo me intendeva invece una banda di gorilla. Aveva più senso, in una città come

Kinship Cove. E poi, il 'capo del clan' della sposa? Fiona apparteneva a un branco, non a un clan. Dicendo 'capo del clan', intendeva l'orso a capo della città. Jericho, l'uomo anche conosciuto come sindaco. Un orso mutaforma che io e le mie sorelle chiamavamo spesso 'zio' semplicemente perché era stato un buon amico di nostro padre. Un gorilla mutaforma che lavorava per l'orso mutaforma capo in carica... detto 'OCIC'. Con quello potevo cavarmela.

"Allora conosci Jericho."

"Sì, anche se preferirei conoscere meglio te. Come ti chiami, principessa?"

Cristo, perché gli uomini non la finivano con i soprannomi? "Ginger. E tu?"

"Luca. Allora, cos'è che fai, Ginger? A parte gironzolare per bar affollati facendo fare brutta figura a tutte le altre donne."

Avrei voluto poter accettare il complimento senza troppi problemi, ma non fu così. Anzi, quasi sicuramente aggrottai la fronte. Feci anche un passo indietro, il che mi diede una visuale che prima non avevo. Una che attraversava tutto il bar e mi dava l'inquadratura perfetta della persona che proprio non avrei voluto vedere.

Mr *Sai-Di-Cannella*.

E non era neanche solo.

"Dove sei finita?"

Mi voltai all'istante verso Lucas. Luke. Lucafobìa. Com'era che si chiamava? "Oh, scusa. Gestisco la pasticceria in città con le mie sorelle."

"Pasticceria? Molto suggestivo."

La mia testa si inclinò di sua spontanea volontà, e non potei sciogliere tutto il ghiaccio dalla mia voce mentre ripetevo: "Suggestivo."

"Certo. Sai... donne che infornano roba. La cosa dello stare a piedi nudi in cucina. Suggestivo."

Avrei potuto ucciderlo. Beh, non proprio, ma avrei potuto distruggerlo a parole. Scelsi di non farlo perché, proprio in quel momento, Fiammificatore attirò la mia attenzione. Si era chinato un poco perché la bionda che gli stava praticamente incollata al braccio potesse dirgli qualcosa all'orecchio, ma l'attenzione di lui rimase fissa su di me. E mi venne voglia di approfittarne.

Quindi feci una risata, afferrai il braccio di Tizio-Con-La-L e mi avvicinai un po' di più a lui. E rivolsi al gorilla mutaforma il mio più grande e provocante sorriso, mentre cercavo di non odiarlo per aver pensato che avere un'attività di successo nel settore alimentare fosse *suggestivo*.

"A piedi nudi? Sono sicura che andrebbe contro un sacco di regole sull'igiene. Mi dispiacerebbe dover chiudere perché non riesco a tenermi addosso le scarpe... Ci conoscono tutti piuttosto bene, sai."

"Beh ci scommetto, se sei tu quella dietro il bancone. Come si può dire di no a questo sorriso?" Mi tirò più vicino a sé, con un modo di fare a metà tra l'intimo e l'inquietante. Eravamo più vicini all'inquietante, in tutta onestà. "Quindi vuol dire che mi preparerai la colazione al mattino, mia piccola pasticcera?"

Lanciai un'occhiata dall'altra parte del bar solo per accorgermi che Fiammificatore non mi guardava più. In effetti, non riuscivo più a vederlo da nessuna parte. Forse se ne era andato… con la bionda.

Non che mi importasse.

Per niente.

Maledizione. Fiammificatore mi aveva costretta a fare una mossa e a farla avventata, perché era fuori discussione che il gorilla lì avesse la minima possibilità con me. Era ora di cambiare programma.

Appoggiai il mio drink ancora quasi intero sul bancone e mi sventolai la faccia. "Wow, fa caldo qui. Non c'è caldo?"

"Mmh, non proprio. No."

"Ma sì, c'è troppo caldo. Qual è la regola? Prima il liquore, poi semmai la birra? Forse non avrei dovuto prendermi un drink al rum, dopo le birre che ho bevuto a cena." Feci finta di essere sul punto di vomitare, portandomi una mano alla bocca e guardando lui a occhi spalancati. "Vado un attimo al bagno."

Il gorilla sembrava inorridito a dovere. "Sì. Certo. Io, beh, io resto qui."

Certo che sì.

Mi precipitai attraverso il bar, scivolando via tra la gente a una velocità leggermente inferiore a quella che avrei tenuto se avessi dovuto effettivamente vomitare. Non c'era bisogno di fare scenate o altro. Svoltai poco prima del corridoio che portava ai bagni, e mi diressi invece verso la veranda. Aria fresca. Avevo bisogno di un po' d'aria fresca per togliermi dalla testa tutti i drammi e le vibrazioni negative della giornata.

Purtroppo, sembrava che le vibrazioni negative potessero solo peggiorare. Non appena misi piede in veranda, tutto il dramma di cui avevo bisogno di liberarmi mi saltò addosso.

"Non sembri molto in forma, Fiamma."

Al diavolo la mia vita. "Non mi chiamo Fiamma."

"Ma è adatto a te." Soprannominatore – seriamente, era stato il miglior nome che mi potessi inventare, e mi era rimasto bloccato in testa – uscì dall'ombra, come fosse fatto di tenebre. O forse era solo uno scorcio della sua anima. E no, non pensavo affatto di essere esagerata. "Sono sorpreso di vederti qui stasera."

"Chissà perché. Io qui ci vivo, sai."

"Ma in questo bar non vengono quelli del posto."

No, infatti. Ma i visitatori in genere non lo sapevano. "Quindi conosci Kinship Cove meglio di un normale turista."

"Ci sono stato qualche volta nel corso degli anni."

"Dev'essere stato più di qualche volta, se conosci così bene i segreti del posto." Mi avvicinai a lui; non potevo non farlo. Attirata da quel ghigno diabolico e da quegli occhi azzurri. Dal pericolo e dall'oscurità che sembravano circondarlo. Dai brividi che mi metteva la sua sola presenza. "Perché continui a tornare?"

"Perché qui c'è qualcosa che mi ha sempre attratto." Mi strisciò accanto, portando con sé il calore del suo corpo. Riscaldandomi come da dentro. "Sono anni che torno sempre qui, cercando di capire il perché. Mi chiedo cosa ci può essere di così importante da attrarmi così tanto."

Dio, i suoi occhi di ghiaccio erano quasi ipnotici. Quasi. "Devi avere davvero tanta pazienza," dissi, dando un'occhiata al grigio alle sue tempie. Sforzandomi davvero tanto di non leccarmi le labbra. "Non sei esattamente di primo pelo."

Il suo sorriso divenne assolutamente letale... per i miei slip. "Beh, è vero. In effetti sono un po' più grande di te."

Io non mi avvicinai un po' di più a lui. No. Proprio no. Ed ero una bugiarda bugiardona che diceva bugie.

"Come fai a sapere quanti anni ho, io?"

Con una voce profonda e vibrante, l'uomo mormorò: "Non sei l'unica ad avere amici in città."

"Hai chiesto di me in giro?" Il solo fatto che si fosse permesso di scavalcarmi in quel modo avrebbe dovuto scatenare la mia ira. Forse. Avrebbe dovuto, avrebbe potuto e via dicendo. Invece, mi sentii ancora più attratta da lui. Mi ritrovai praticamente premuta contro di lui, petto a petto. Beh, petto a seno. Avrei anzi preferito mano a seno, a essere onesti. Un pizzico al capezzolo sarebbe stato davvero utile in quel momento. Non che gli avrei mai chiesto una cosa del genere. Cristo, se mai mi avesse toccata di proposito, sarei potuta esplodere. Morte da orgasmo spontaneo. Poteva anche succedere.

Purtroppo il figo non mi afferrò né il seno, né il fianco, né il sedere, né altro di divertente. Non mi spinse oltre il limite orgasmico con il suo semplice tocco come volevo quasi che facesse; e per 'quasi', intendevo 'assolutamente'. No, niente toccatine. Invece parlò di nuovo, usando quella bocca e quelle sue morbide labbra rosa in un modo che si poteva solo definire uno spreco. Da parte mia.

"Dicevo che ho aspettato con pazienza di vedere cosa mi abbia sempre attirato qui. Sono arrivato alla conclusione che c'entri tu."

I miei dubbi diventarono razzi pronti a partire per la luna, da quanto erano potenti. "Quindi io c'entro col fatto che qualcosa ti abbia sempre attirato qui, eppure stasera sei uscito con qualcun'altra? Sembra una contraddizione."

Il modo in cui il suo sorriso divenne malizioso mi diede circa un secondo virgola due per accettare il fatto che mi fossi fregata nel menzionare la bionda.

"Vedermi con un'altra ti dà noia?"

Già. Mi ero proprio fregata. *Ora* sì che sembravo gelosa. E avevo fatto tutto da sola. "No. Certo che no. Perché dovrebbe?" La mia difesa suonava falsa e petulante persino alle *mie* orecchie. Lo sapeva anche lui, e Soprannominatore non mi sembrava il tipo da lasciarsi scappare un'occasione.

L'uomo si piegò verso di me costringendomi a indietreggiare, e mi sfiorò il braccio con il suo mentre si avvicinava. Mi tenne incollata contro il muro con quello sguardo azzurro ghiaccio. E i muscoli. Dio, i suoi muscoli. Ormai ci toccavamo da fianchi a spalle. Così tanti muscoli sotto quella pelle. Così tanti brividi nelle mie parti intime.

"Neanche tu sembravi troppo contenta lì dentro, Fiamma. Forse il tuo ragazzo dovrebbe impegnarsi di più."

Respiri lunghi e profondi, Ginger. Lunghi e profondi. "Non è il mio ragazzo."

"Bene."

Qualcosa in quella parola, forse la forza con cui la pronunciò, me lo fece osservare un po' meglio. Così gli chiesi, con tutta la sfacciataggine che il buon dio mi aveva dato: "Vedere *me* con un altro dà noia a *te*?"

"Sì."

Semplice. Diretto. E del tutto sconcertante. "Quindi tu puoi uscire con qualcun'altra e io no?"

"Io non sono qui per un appuntamento."

"Allora chi era la bionda?"

"Qualcuna per niente interessante." Sempre più vicino, le sue labbra mi sfiorarono praticamente la guancia quando sussurrò: "Quindi mi avevi notato."

"Per forza." Mi morsi il labbro e alzai una spalla mentre lui continuava a fissarmi dritto negli occhi. Poi sorrisi. "Devi essere stato il più vecchio tra tutti quelli al bar. Ti si notava tra la folla, con questi capelli grigi. Dio, dovrei chiamarti papi."

Quello fu... un gran bel lapsus.

Un basso ringhio gli vibrò nel petto, un suono profondo e quasi feroce. Bestiale. Non mi era sembrato un mutaforma, ma non significava che non lo fosse. Quel ringhio sembrava troppo selvaggio, troppo potente per essere umano. I mutaforma avevano come due facce, erano due creature in un solo corpo. E in quel momento, ero abbastanza sicura di aver risvegliato la bestia dentro di lui. Di qualunque tipo fosse.

L'uomo mi imprigionò contro il muro con le sue braccia, muovendo i fianchi contro i miei. Facendomi sentire quanto fosse lungo e duro, e pronto per me. "Se mi chiami papi potrei anche tenerti tutta per me."

Le parole divennero difficili da scegliere. Troppo difficili per poter formare una qualsiasi risposta. Volevo baciarlo. Volevo infilargli le dita tra quei suoi capelli grigi e mossi e tirarlo più vicino. Volevo avvolgere il mio corpo attorno al suo, molto più grande. Morte. Era la mia morte. O lo sarebbe stata. Quell'uomo, quegli occhi, quel sorriso... la morte della mia vita da single, una volta per tutte. Lui sembrava uno da tenersi stretto, ma a me non piaceva farmi tenere stretta. Di solito. Per lui, però? Oh cavolo, magari mi sarei adattata.

Così mi avvicinai, lasciando che i nostri corpi si toccassero fino alle ginocchia. Lasciando che ci godessimo la sensazione. Il profumo speziato del suo dopobarba era così buono da farmi quasi sbavare, e il calore che si sprigionava dal suo corpo non faceva che incendiare il mio. O forse era semplicemente il suo essere così sexy, profumato, e allo stesso tempo esasperante.

Avevo già detto che il suo profumo era fantastico? Perché era un punto particolarmente importante. Fan-ta-sti-co.

Mi leccai le labbra, strofinandogli il naso sul collo e respirando a bocca aperta per poter ingoiare il suo sapore. Incapace di resistere. "Sai di..."

"Cannella?"

Oddio, il suo ringhio mi spedì un brivido lungo la schiena. "Beh sì, ma più piccante."

"Lo so." Mi fece scivolare anche lui il naso sul collo, tirandomi a sé con una mano sul fianco mentre io piegavo la testa all'indietro. Aspettando e volendo e pretendendo molto di più. Ormai sul punto di venire proprio lì sulla veranda, e con lui che mi stringeva soltanto, che quasi mi sentivo in colpa. Quasi.

Anche lui non sembrava affatto dispiaciuto. "Dovresti baciarmi, Fiamma. Vorrei tanto che lo facessi."

"Non succederà, vecchietto."

"Perché no?"

Perché ero un'idiota. Perché non sarei riuscita a fermarmi a un solo bacio. Perché se me lo fossi fatta, lì sulla veranda di quel bar, si sarebbe sparsa la voce. Più del solito. Molto più del solito. Perché una notte non mi sarebbe mai bastata. Cavolo. "Perché dovresti fare tu la prima mossa."

"Non posso."

Non voleva baciarmi.

Acqua ghiacciata mi passò per le vene, raffreddandomi in un istante. La vergogna e l'imbarazzo mi schiarirono le idee più velocemente di qualsiasi altra cosa, tirandomi fuori da qualsiasi trance in cui lui mi avesse fatto cadere.

Non poteva essere umano. Doveva essere un mutaforma di qualche tipo. Nessun uomo normale era mai riuscito a sopraffarmi i sensi in quel modo. Nessuno mi aveva mai fatto volere e desiderare e pretendere qualcosa così intensamente. Doveva essere qualche creatura magica con il potere della seduzione. Un succubo o una cosa del genere.

Il che sarebbe stato letteralmente un incubo.

Forza, cervello. Sveglia.

Senza una parola, costrinsi i piedi a muoversi e le mani a spingerlo lontano da me. Ignorai il modo in cui mi formicolarono le dita quando gli toccai il petto, come avrebbero anzi voluto stringere la sua camicia e tirare, anzi che spingere. Quel formicolio non presagiva niente di buono. Quel formicolio era un segnale di pericolo, e io avevo seriamente intenzione di seguire l'avvertimento. Perciò lo spinsi, e scivolai di lato per passargli intorno. Per andarmene prima che mi sconvolgesse anche più di quanto non avesse già fatto. Non solo il maledetto Soprannominatore non giocava al mio stesso gioco e non si lasciava plasmare e piegare al mio volere. In qualche modo, aveva direttamente iniziato a mandare avanti lo spettacolo. Costringendomi a seguire le sue regole e cercando a sua volta di far piegare me. Non era mai successo.

E in quel momento non ero dell'umore giusto per imparare qualche nuovo trucco del mestiere.

"È l'ora di tornare a casa. Ne ho avuto abbastanza di te, per oggi."

"Io e 'abbastanza' nella stessa frase. Dubito che succederà mai di nuovo."

Seriamente, non avevo una risposta da dargli. Nessuna. Nessuna parola per tutta la sua arroganza. Beh ok; alzai almeno gli occhi al cielo. Insomma, era un'esagerazione anche per uno come lui. Così, invece di parlare, fissai gli occhi sulla porta del bar e mi avviai in quella direzione. A un passo dalla fuga.

Lui non cercò di fermarmi, anche se mi fece scorrere le dita lungo il braccio mentre gli passavo davanti. Poi mi sedusse con una sola frase. O meglio, ci provò. "Mi piaci così gelosa, Fiamma."

Ok, bene. Sedotta. Decisamente. Da un cretino.

"Tu invece non mi piaci per niente," dissi io, anche se mi bruciava tutto il corpo per via di un tocco così semplice. Gli ormoni erano degli stronzi e via dicendo.

"Cambierai idea abbastanza presto."

Ma quando fui alla porta, con qualcosa nello stomaco che mi tirava e mi faceva venire voglia di tornare indietro, mi voltai. Il suo sorriso diabolico e la disinvoltura con cui stava appoggiato al muro non fecero che confermare il mio sospetto: quell'uomo era pericoloso in un modo che dovevo evitare. Così richiamai la mia Wonder Woman interiore, alzai il mio scudo invisibile, e gettai i capelli all'indietro su una spalla. Donna tosta. Dovevo esserlo, in quel momento. E sapevo come fare.

Usai la posizione strategica per evidenziare la curva a S del mio corpo – petto in fuori, fianchi leggermente girati, sedere in mostra – così che lui potesse dare un'ultima bella occhiata a quel che si era lasciato sfuggire. Strinsi le labbra quanto bastava a dargli l'idea di un bacio – che da me non avrebbe mai ricevuto, né in bocca né da altre parti – e alzai un unico sopracciglio in una mossa che mi ci erano voluti mesi davanti allo specchio per perfezionare, e che li valeva tutti, secondo per secondo, in momenti come quello.

Versione 'donna tosta': decisamente attivata. "Non finché campo. Non tornare in pasticceria. Non ci serve un cliente in più."

E poi uscii di scena. Sperando e pregando di riuscire a raggiungere l'auto senza che lui mi inseguisse.

Tosta o no, dubitavo di potergli resistere una seconda volta.

3

KINGSTON

Annidata tra l'oceano e una parete rocciosa, la città di Kinship Cove offriva correnti d'aria spettacolari che erano un divertimento assoluto da seguire. Soprattutto nel buio della notte, quando il mondo umano diventava immobile e silenzioso. Ancora di più dopo aver finalmente incontrato – dopo già diversi secoli da quando ero venuto al mondo, troppi per starli a contare – la mia compagna predestinata.

Pensando a quella piantagrane con le scintille negli occhi, mi lanciai in picchiata verso terra, allungando le ali secondo l'istinto. Era tutto il giorno che il mio drago interiore strepitava per essere liberato, fin dal momento in cui mi aveva praticamente trascinato nella piccola pasticceria in città, dove l'avevo vista per la prima volta. La donna che avrei fatto mia. Per noi draghi non valeva tutta la storia dell'amore a prima vista con il compagno predestinato, come succedeva per altri mutaforma.

Avevamo più scelta al riguardo, ma qualcosa di Kinship Cove mi aveva sempre attirato lì, per decenni. Qualcosa mi aveva portato nel posto giusto al momento giusto. Una sensazione nell'aria. Una vibrazione tra destini. Un profumo nella brezza.

Cannella.

Per forza lei profumava di cannella. Proprio come un drago in calore, forte e ardente, dolce se preso nella giusta quantità ma difficile da gestire a dosi elevate. La mia Fiamma – Ginger, avevo poi saputo – mi era stata offerta su un piatto d'argento proprio lì nella sua pasticceria, e io mi rifiutavo di lasciarmela scappare.

Mormorando un ruggito verso la costa rocciosa, mi voltai a mezz'aria e tornai sul ripido versante della montagna. Avevo già trovato l'indirizzo di lei, non avevo dovuto indagare molto per quello. A quanto pareva, tutti in città conoscevano le tre ragazze che gestivano la pasticceria. Gli uomini in particolare sembravano conoscere bene la mia compagna, un fatto che un po' mi frustrava e un po' compiaceva la mia bestia interiore. La nostra donna era voluta e desiderata da tutti, eppure nessuno era riuscito a prenderla. A mantenere a lungo il suo interesse. Per me andava bene: si era solo un po' divertita con dei ragazzini. Io le avrei mostrato cosa significava avere un vero uomo – o meglio un drago mutaforma – per compagno. Le avrei fatto dimenticare tutti gli altri uomini in città, e riservare solo a me quel sorriso brillante e malizioso.

Una volta che l'avessi convinta a fare la prima mossa.

Avvistando un vecchio amico su un crinale roccioso, mi tuffai più in basso, per poi atterrare in un turbinio di magia e stoffa mentre tutte le mie parti, comprese dei vestiti, si riformavano dalle squame del mio drago.

"Ti ho sempre invidiato quel trucco." Jericho – l'orso capoclan nonché sindaco di Kinship Cove – non mi guardò neppure mentre mi chiedeva: "Cos'è che ti fa volare così in alto stasera, amico mio?"

Amico. Ormai non ne avevo più molti. Troppi anni da solo mi avevano reso leggermente irritabile, e sembrava che anche i più tranquilli dei miei fratelli draghi ormai finissero per farmi venire voglia di combatterli a morte, con le loro stupide chiacchiere e il costante rumore di sottofondo. Jericho, però, era diverso. La sua natura premurosa placava la rabbia inesorabile che mi scorreva dentro. Qualcosa che non mi sarei mai aspettato da un orso mutaforma.

"Ho incontrato la mia compagna." Semplice. Onesto. Dritto al punto. Non era da me.

Jericho sospirò, aggrottando la fronte. "Qui? In città?"

"Già. La conosci, da quanto ho capito."

"Fammi indovinare, una delle sorelle Chance della pasticceria."

Non avrei potuto essere più scioccato. "Come hai fatto a indovinare?"

Quando l'uomo si voltò verso di me, lo sguardo nei suoi occhi mi sembrò severo, adirato; perplesso, in un certo senso. "Dev'essere il loro periodo fortunato. Qual è la tua?"

"Ginger."

La sua grassa risata infranse il silenzio della notte. "Ah, ci sarà da divertirsi, amico mio."

Qualcosa che avevo già intuito. "E tu invece? Pensavo che a quest'ora ti saresti già sistemato con una bella orsa, avresti messo al mondo qualche cucciolo. Tutta quella... roba domestica."

"Il destino non mi ha dato un'orsa."

Il suo tono mi sembrò definitivo, come se non volesse dire di più sull'argomento. Ma io ero al mondo da molto tempo – da più del mio amico orso, di sicuro – e riuscivo a capire se uno cercava di evitare un discorso. Il destino poteva non avergli riservato un'orsa, ma gli aveva comunque dato una compagna. Un'opportunità di cui lui però non sembrava contento.

E io non avevo il diritto di spingerlo a parlare. "Beh, vecchio mio, credo che volerò un altro po'. Magari arriverò fino a nord della città."

"Ginger vive a nord della città."

"Lo so bene."

Lui mi fermò con un ringhio e un'occhiataccia. "So che i draghi hanno regole diverse per... beh, per tutto. Ma quella ragazza è una di famiglia, per me. Quindi non cazzeggiare con lei."

Oh, ma quello lo avrei fatto volentieri. Da sopra e da sotto, a destra e a sinistra, anche a testa in giù... in qualsiasi modo Ginger mi avesse lasciato entrare nella sua parte più intima, la più dolce che il destino avesse mai creato, mi sarebbe comunque andato bene. E io le avrei dato tutto quello che avevo per assicurarmi che se ne andasse soddisfatta... se fosse riuscita ancora a camminare dopo un incontro del genere.

Jericho però non aveva bisogno di sapere tutto ciò. "Certo. È la mia compagna, l'adorerò per il resto dei miei giorni."

Lui grugnì in risposta. "Bene. Allora, prego. Voglio proprio vedere come andrà a finire."

In pochi secondi ero di nuovo ricoperto di squame e avevo il vento tra le ali, dopo che ero saltato giù dalla scogliera in forma umana e mi ero trasformato a mezz'aria. Una cosa che mi garantiva sempre una bella reazione dai mammiferi che lasciavo a terra. Jericho invece si limitò a ridacchiare. Non era quel che mi sarei aspettato. L'uomo sembrava perso, come non lo avevo mai visto prima. Qualunque cosa gli stesse succedendo, qualunque mancanza sentisse nella propria vita, potevo solo sperare che il destino gli desse un'occasione per recuperare. Il tempo passava sempre più solitario, dopo un secolo o giù di lì.

Tornando con il pensiero alla nuova donna nella mia vita, attraversai il cielo notturno verso nord. Fino al gruppo di case che abbracciavano il confine della città, lasciandosi la foresta alle spalle. Ginger viveva lì, abbastanza vicina alla pasticceria da poterci andare a piedi ma abbastanza lontana dai bar che sarebbero stati una seccatura. Una posizione strategica, e perfettamente da lei. Era andata al bar quella sera, e magari frequentava spesso vari locali, ma di sicuro non li voleva troppo vicini a casa perché potevano darle fastidio o causare problemi. Aveva una specie di covo. Una casa tranquilla e indipendente dove potersi nascondere ed essere se stessa. Sentirsi veramente a proprio agio. Mi piaceva quello, di lei.

Mi ci vollero tre giri intorno alla casa prima di riuscire finalmente a scovarla: sembrava aver deciso per un bagno serale, nella sua vasca. L'idea di tutta quella pelle bagnata – di come doveva essere calda e profumata, in quella stanza vaporosa – iniziò a solleticarmi nei punti giusti, dalla voglia che mi prese. Ma ero un gentiluomo – a volte – e un drago mutaforma che seguiva le regole stabilite dal clan regale dei draghi. Non avevo ancora avuto l'espresso consenso di Ginger a fare la mia mossa, e avevo bisogno del suo permesso per poter agire. Era una cosa che solo lei poteva darmi, di sua spontanea volontà.

Così, invece di strisciare sotto la finestra e dare una bella occhiata a quel corpo magnifico, volai sul tetto e mi appollaiai con attenzione sulla sommità. E rimasi a guardare il mondo vivere. Teso e pronto a combattere.

La mia compagna meritava un guardiano, e io lo sarei stato per lei. Anche se da me non avesse mai voluto altro.

Mentre a est il sole sorgeva sulle montagne, Ginger andava al lavoro camminando per le tranquille strade di Kinship Cove. Io la seguivo, dall'alto. Continuando a sorvegliarla. Non avevo dormito la notte prima, non avevo chiuso gli occhi neanche per un momento. L'idea di perdere la mia compagna prima ancora di averla mai avuta mi era entrata nella testa e nello stomaco, pesante come una pietra, perciò ero rimasto sveglio per tenerla al sicuro. Ma mi ero stancato di stare a distanza da lei e volevo vedere il suo viso da vicino, volevo sentire la sua voce e quel profumo piccante di cannella nell'aria.

Per fortuna la pasticceria avrebbe aperto di lì a poco, e avrei potuto farle una visita in piena regola. Aspettai fuori dal negozio che la ragazza dietro il bancone – non Ginger, quella volta – girasse il cartello su 'APERTO', poi attesi ancora qualche minuto. Un uomo entrò dalla porta con un'aria decisamente frenetica. Un lupo mutaforma, se non mi sbagliavo; e di solito non sbagliavo mai. Se ne andò poco dopo senza niente in mano ma con uno sguardo furibondo sul viso. Strano… e forse anche pericoloso. Otto minuti erano più che abbastanza da passare senza la mia compagna sott'occhio. Mi precipitai dall'altra parte della strada, rallentando solo quando raggiunsi la porta sormontata dalla campanella, e la spinsi per entrare.

Ma non c'era Ginger dietro il bancone.

"Benvenuto a Fonden..." La ragazza spalancò gli occhi quando mi vide, e arricciò praticamente il naso. Una mutaforma... del genere Vulpes, se l'odore non mentiva. Le volpi mutaforma non erano diffuse come i lupi o gli orsi, ma ne avevo incontrate alcune nel corso degli anni. Anche mangiate alcune, a essere onesti. Dubitavo che lei avesse lo stesso rapporto con i draghi; sia l'averne incontrati che mangiati. Ci sarebbe stato da divertirsi.

"Buongiorno," dissi, facendo del mio meglio per togliere l'aggressività dal mio tono di voce.

"Chi sei, e cosa ci fai qui?"

Niente convenevoli. Mi stava bene. "Sono Kingston, e vorr..."

"Non mi serve il tuo nome. Che tipo di mutaforma sei, e perché non riesco a sentire il tuo odore?"

Ah. Quello era facile. "Sono un drago mutaforma, volpe. Non senti il mio odore perché sono io che scelgo di non rivelare la mia razza."

"Drago. Mmh... non ci avevo pensato."

Certo che no; non eravamo esattamente comuni predatori. Ma il fatto che lei probabilmente non sapesse nulla della mia razza fece poco per alleviare l'urgenza che avevo di controllare che la mia compagna stesse bene. "Sì, beh… è quello che sono. Ora, non voglio disturbarti, ma speravo di vedere Ginger."

"No."

Io… non me l'ero aspettato. "Scusa?"

"Ho detto di no. *Non* puoi vedere Ginger." La volpe scosse la testa e lasciò cadere l'asciugamano sul bancone. "E cosa vuole un drago da Ginger, comunque?"

La parola 'drago' grondava disprezzo, un fatto che fece ringhiare la mia bestia interiore, pronta a combattere. Non che potessi permetterglielo. Così mi trattenni, e feci del mio meglio per nascondere alla vista di quel piccolo spuntino gli artigli che spingevano per uscirmi dalle dita.

"Credo sia una cosa tra me…" Mi fermai, assicurandomi di dare abbastanza peso alle mie parole, in modo da chiarire il punto. "… E la mia compagna."

Lei non sbatté nemmeno gli occhi. "Che stronzata. I draghi non si accoppiano a vita come noi altri. Scelgono i loro partner e formano un legame temporaneo."

L'ignoranza diffusa sulla mia razza e tutti i suoi segreti mi avrebbero fatto morire. Di noia. "Non tutti i draghi si accoppiano, no. Ma alcuni sì. Incluso me, e il mio legame con Ginger non è temporaneo."

La ragazza scosse la testa, sembrando molto più irritata di quanto mi sarei aspettato. "Prima i lupi dietro a Coco, e ora un drago mette gli occhi su Ginger. Queste ragazze sono pericolose." Poi alzò lo sguardo e tornò a fissarmi. "Se farai qualche stronzata con lei, dovrai vedertela con me."

"Dovrei aver paura di una volpe?"

"Forse. Forse no. Ma il mio branco ti darà la caccia e ti farà a pezzi se farai il furbo con quella ragazza. A cominciare dalle tue parti del corpo preferite, intesi? Ci teniamo, a lei."

Anch'io ci tenevo a lei. E non potevo che rispettare il fervore che quella creaturina ci metteva, nel proteggerla. Sì, avrei fatto attenzione a non mangiare nessuna volpe del posto per merenda. "Capito. Non farò cazzate con lei... almeno, non senza il suo esplicito consenso."

"Sì, ho sentito delle vostre regole sul consenso quando scegliete un partner. Dev'essere lei a fare la prima mossa, giusto?"

Sfortunatamente. "Giusto."

"Allora buona fortuna. A proposito, io sono Misty. Credo sia meglio che tu lo sappia da subito."

E poi all'improvviso apparve Ginger, con in mano un vassoio pieno di enormi cupcake ricoperti di glassa in varie tonalità pastello. "Giuro che se Coco si sta facendo sbattere come una porta al vento da Mr Figo

Brizzolato anziché essere puntuale al lavoro, mi incazzo."

"Abbastanza sicura che quello non sia il suo caso," disse Misty, facendomi l'occhiolino. "Magnus se n'è appena andato, e la stava appunto cercando."

Ginger aggrottò la fronte; non mi aveva ancora visto. "Ma... Coco qui non c'è. È sempre puntuale, anzi, anche in anticipo. La stronzetta ci fa sembrare tutte delle svogliate." Prese il telefono dalla tasca posteriore, sempre senza alzare lo sguardo. "Dice che stamattina non viene, ma resta qui dopo la chiusura per finire i macaron."

"Magari non sta bene."

"No, si sta solo nascondendo. Giuro, per una volta dico a mia sorella di farsi il padre del suo ex, e il mondo va a puttane."

Il sorriso di Misty si fece più largo e... beffardo. "Oh, sì. È proprio, proprio vero. Ne parliamo tra un secondo, però. C'è qualcuno che ti cercava."

Ginger alzò la testa di scatto e seguì il cenno di Misty nella mia direzione. Quando i suoi occhi incrociarono i miei, un delizioso rossore le salì al collo e alle guance. Uno che potevo praticamente gustarmi. Oh, destino, era stupenda. Capelli raccolti, occhi brillanti, pelle di un rosa squisito. Volevo incollarla alla vetrina del bancone e baciare quella gola delicata, far scivolare la mano sotto la maglietta bianca che indossava e pizzicarle i capezzoli fino a farla implorare. Volevo così tanto... ma non potevo prendermelo. Dovevo aspettare che mi fosse offerto.

Ma l'attenzione della mia compagna non era concentrata su di me e su tutte le cose che avrei potuto farle. Almeno, non ancora.

"Di' a Madeleine che abbiamo un problema da risolvere," disse Ginger a Misty prima di voltarsi verso di me e piegare la testa di lato, mettendo in bella mostra il suo caratterino. "Coco starà facendo i conti con un appuntamento andato male, e non vale la pena che noi donne Chance piangiamo dietro a un uomo."

"Se uno fa piangere la sua donna, allora non è un uomo," risposi, con un sorriso che potevo solo sperare sembrasse sincero. La cosa sembrò non aiutarmi affatto. Oh, certo, Ginger posò il vassoio e mi venne incontro facendo il giro del bancone, ma non sembrava né tanto aperta né accogliente nei miei confronti. Anzi, sembrava sfidarmi con lo sguardo. Una sfida che avrei accettato volentieri. "Buongiorno, Fiamma."

"Cosa ci fai qui?"

"Speravo di prendere qualcosa per colazione. Tipo un muffin alla cannella."

Lei corrucciò in maniera adorabile quelle labbra che avrei tanto voluto assaggiare. "Non ne abbiamo alla cannella. Al cioccolato va bene?"

"Non sono un fan del cioccolato. Alla mia bocca piacciono le cose un po' più piccanti." Sorrisi, vedendo il rossore salirle di nuovo alle guance. "Invece, uno di quei cupcake? Sembrano deliziosi."

"Non è un po' presto per tutti quegli zuccheri?"

"Non è mai troppo presto per me, Fiamma. Per qualsiasi cosa... tu voglia."

Ginger alzò gli occhi al cielo ma non riuscì a nascondere l'accenno di un sorriso, che le ammorbidì quel viso già bello di suo. Poi si mosse come per andarsene, come per scappare dietro il bancone, ma io non potevo lasciarla andare. Le afferrai un braccio – in modo gentile, non per costringerla a rimanere ma per implorarla – e aspettai che tornasse a guardarmi. Aspettai di incontrare gli occhi della mia compagna predestinata. E quando li alzò su di me, mi mancò il respiro.

La bellezza e la profondità di quelle iridi scure – finestre della sua anima – mi sarebbero rimaste marchiate sul cuore per l'eternità. Mia. Tutta mia; dovevo solo conquistarla.

"Sì?" chiese lei, quasi senza fiato come mi sentivo io.

Non potevo trattenermi un secondo di più. Non potevo perdere l'occasione. Le regole dei draghi sull'accoppiamento dicevano che doveva essere l'altro a fare la prima mossa, ma potevo almeno fare in modo che fossimo nella stessa stanza quando ciò fosse successo. E potevo usare tutte le mie abilità per farcela arrivare. "Vorrei uscire a cena con te."

"Oh, ma dai?"

"Sì."

"Beh, credo che dovresti imparare a chiederlo più gentilmente."

"È quel che ho fatto."

"No, la tua era una pretesa."

La mia piantagrane cercò di andarsene, di voltarsi e allontanarsi da me, di nuovo, ma io tenni duro. Sempre senza forzare le cose, perché i draghi al comando si sarebbero imbestialiti se lo avessero scoperto, e mi sarebbero piovuti addosso soltanto guai. Quindi non forzai le cose. Chiesi semplicemente. In modo concreto.

"Ginger," mormorai abbassando la voce, stuzzicandola con il potere del mio drago interiore.

Le sue pupille si dilatarono e la sua bocca si schiuse, facendo aprire quelle belle labbra rosa, morbide e carnose, per dirmi: "Non è che così sei più gentile di prima."

"Oh, ma posso diventarlo, tesoro. So essere molto, molto gentile."

Ginger scosse un attimo la testa, come se cercasse di schiarirsi le idee. "Non posso... Non so neppure come ti chiami."

"Kingston, e farò del mio meglio per conquistarti, stasera, così dopo potrai gridarlo quanto vuoi."

Incantesimo spezzato, lei indietreggiò, mentre nei suoi occhi si scatenava una tempesta. "Sei una merda."

"E nel profondo, ti piaccio così. Ora, a proposito della cena, stasera passo a prenderti alle cinque."

"Non credo proprio che..."

"Non dimenticare che devi consegnare la torta dello sposo per la cena di prova," disse Misty – la mia intrepida volpetta mutaforma che nel frattempo doveva essersi nascosta in un angolo – distogliendo completamente Ginger da qualsiasi replica volesse farmi. Una volpe davvero gentile.

Ginger non sembrava pensare la stessa cosa, da come stava aggrottando la fronte. "No."

Non potevo farmi scappare l'occasione. "Ti aiuto io," dissi, sorridendo quando lo sguardo sorpreso di lei incontrò di nuovo il mio. "Così poi andiamo a cena."

La mia compagna incrociò le braccia, si appoggiò su un fianco – fin troppo sexy anche da arrabbiata – e disse: "Non ricordo di aver detto di sì."

"Ma non hai neppure detto di no. Sono un tipo puntiglioso, tesoro." Le diedi un buffetto sul naso e mi voltai per andarmene, sapendo che il mio tempo era scaduto. "A stasera."

Lei avrebbe potuto dire di no, avrebbe potuto mandarmi a quel paese, o fare un centinaio di altre cose per farmi vedere quanto detestasse l'idea di passare del tempo con me.

Eppure non fece altro che lasciarmi andare via.

Lo presi come un sonoro sì al mio invito.

Era ora di pensare a conquistarla... per davvero.

4

GINGER

Dovresti proprio fare il pane."

Alzai gli occhi e guardai mia sorella minore, aggrottando la fronte quando incontrai lo sguardo preoccupato di Madeleine. "Mmh?"

Lei fece un cenno verso il tavolo dove stavo mescolando l'impasto per cupcake. Anche se 'mescolare' non era proprio la parola adatta, a quei punti. "Stai pestando a sangue quell'impasto. Faresti meglio a fare il pane se sei così agitata."

"Non sono agitata."

Le sopracciglia di Madeleine le saltarono praticamente via dalla fronte. Se le sopracciglia avessero potuto muoversi da sole. E via dalla parte del corpo sulla quale crescevano. "Quindi mentiamo a noi stesse, o abbiamo solo la vista troppo corta per vedere cosa sta succedendo? Perché devo dirtelo, il tempismo è terribile."

"Sì. Tempismo terribile." Per quanto riguardava la consegna dei biscotti e delle torte per la cena di prova, i miei cupcake per le feste di celibato e nubilato, e la vera e propria torta nuziale. Eravamo tutte e tre ugualmente distrutte. Ma Coco... beh, a lei era toccata la parte peggiore.

Lanciai un'occhiata all'altra mia sorella. La poverina sembrava essere nel suo mondo, uno pieno di tristezza e di lacrime. Uno che esisteva soltanto nell'arido deserto di un cuore a pezzi. Vedere la ragazza così distrutta, così completamente persa nel suo dolore, era come se qualcuno mi avesse strappato il cuore per ballarci sopra il tip tap. L'ultima storia di Coco – con un lupo mutaforma di nome Magnus – sembrava essere andata a rotoli. Lei era stata così felice solo il giorno prima, a ridere e a scherzare, tutta eccitata alla prospettiva della cena con il suo uomo. La mattina, invece, era mancata al lavoro, quindi eravamo state costrette a trascinarla giù dal letto e nel negozio. In quel momento, però? Mia sorella era a capo del comitato 'Cuori Infranti' di Kinship Cove.

Io non avevo intenzione di fare la stessa fine.

Né perché né percome, no e poi no. Non avrei permesso a nessuno di avvicinarsi così tanto, non avrei mai rischiato di dover provare un dolore così grande. A meno che non fosse la persona *giusta*. E per 'giusta' intendevo 'perfetta'... Tutto ciò che avrei mai potuto desiderare. L'uomo che sognavo di incontrare da quando mi avevano regalato la mia prima bambola di Ken. Da quando avevo iniziato a pianificare matrimoni con le mie Barbie già pronte per l'occasione, tutte gloriosamente indipendenti come donne. E Ken era perfetto. Mr 'Per Sempre', e non Mr 'Per Ora'. Non mi sarei mai accontentata di meno.

"Vabbè, le orecchie non verranno mai più appuntite di così. Pensavo che la torta fosse già a posto, ma con questi riccioli grigi, ora sì che è perfetta. Vero?" Madeleine si allontanò di un passo dalla torta dello sposo – un lupo in 3D assurdamente grande che ululava, perché cos'altro avrebbe scelto un lupo mutaforma? – e annuì decisa. "Sì, perfetta. La consegni tu stasera, ricordi?"

Come se avessi potuto dimenticarmene. Tra Madeleine e Misty, me l'avevano già ricordato ottocento volte. Non avevo mai mancato una consegna.

Tranne quella volta con i biscotti per il battesimo di una lontra mutaforma.

Oh, e i muffin per la riunione dello zio Jericho con le capre di montagna mutaforma.

E sì, anche i bagel per l'associazione degli alligatori erano arrivati un po' in ritardo, ma quella non era stata davvero colpa mia.

Maledizione, mi sarei assolutamente dimenticata della torta.

"Me ne ricorderò."

Madeleine sembrava scettica ma non disse un'altra parola, invece fece scivolare la torta su uno dei carrelli che usavamo per le creazioni più pesanti o più fragili, e lo spinse nella cella frigo. Ero piuttosto sicura che sarebbero comparsi segnali fluorescenti di vari colori per tutta la cucina a fine giornata, tutti con lo stesso messaggio a grandi lettere:

'NON DIMENTICARTI DI CONSEGNARE LA TORTA.'

Non lo avrei dimenticato.

Speravo.

Ma tornando ai cupcake. Versai l'impasto troppo lavorato nell'apposita teglia e li misi in forno a cuocere. Dubitavo che sarebbero usciti con la giusta consistenza, ma dovevo provarci. Essendo la migliore – anche se l'unica – pasticceria della città, io e le mie sorelle ci eravamo aggiudicate l'ordine per tutti i dolci del più grande matrimonio dell'anno. Madeleine aveva finito la torta dello sposo e si stava dando da fare con una torta nuziale di proporzioni gigantesche, con più decorazioni di quante ne avessi mai viste, e Coco erano giorni che sfornava i suoi famosi macaron per la cena di prova. Nel frattempo, io mi occupavo dei dolci per gli addii al celibato e al nubilato. Cosa c'era di meglio dell'alcol, per una serata in città? Niente. Ecco perché, non appena misi a cuocere l'ultima infornata di cupcake, presi una sac à poche piena di crema al burro di un bel verde pallido e iniziai a glassare i miei cupcake affogati nella tequila. A tutti piaceva il margarita, giusto?

Giusto.

I miei cupcake alcolici avevano attirato un sacco di attenzione, quando avevo iniziato a metterli in programma l'anno prima. Dal whisky alla vodka, dal margarita al cosmopolitan, avevo un cupcake pronto per qualsiasi drink alcolico chiedesse la clientela. Fiona – la sposa del matrimonio in arrivo – in pratica aveva preteso decine di cupcake alcolici per la sua ultima notte da single, e io come potevo rifiutarmi? Quella lupa mutaforma mi piaceva proprio. Non lo avrei mai detto a Coco, visto che Fiona era l'attuale compagna dell'ex di mia sorella, anche se non era colpa di nessuno. Il destino era complicato; una cosa che avevo imparato bene crescendo a Kinship Cove.

Per fortuna, la mia amicizia con Fiona mi aveva riservato un invito alla sua festa di addio al nubilato, che in qualche modo era diventata uno degli eventi più attesi nella storia di Kinship Cove. L'indomani sera sarei stata in città con una schiera di ragazze – non letteralmente, non erano tutte uccelli mutaforma – e l'occasione di combinare qualche guaio. Sembrava perfetto, proprio quello che mi serviva per rilassarmi un po'.

Al contrario della cena con quel tipo, Kingston.

E appena mi passò per la mente il suo nome, ecco che apparve lui stesso. Passò dall'ingresso sul retro del negozio come se fosse lui il proprietario, con un'aria...

Ok, d'accordo, l'uomo era sesso allo stato puro. Tutto disinvolto ed elegante, con quegli occhi azzurro ghiaccio fissi su di me e sul viso un sorriso sexy da morire. Lo odiavo. Ma la sua faccia mi faceva venire certe voglie... Del tutto normale, no?

"Non sono ancora pronta per andare," dissi, staccandogli gli occhi di dosso – maledizione, quei jeans scuri lo fasciavano in tutti i punti giusti – per tornare a lavorare ai miei cupcake.

"Aspetterò."

Certo che sì. "E se dicessi che non voglio andare?"

"Aspetterò più a lungo, finché non torni in te."

"Che arrogante."

"È la mia razza."

Quello sì che catturò la mia attenzione. "La razza?"

"Drago. Sono un mutaforma, Fiamma."

Quell'uomo era una bestia... letteralmente. "Sei un drago."

"Sì."

"Un vero drago."

Il modo lento e preciso con cui alzò la spalla in un gesto di nonchalance lo rese se possibile ancora più raffinato. "L'ultima volta che ho controllato, sì."

"Mmh."

"Solo 'mmh'?"

Fu il mio turno di alzare le spalle. "Non ho mai incontrato un drago."

Ma sapevo di loro: playboy, non prendevano compagni, tendevano a isolarsi dagli altri mutaforma e a non accoppiarsi mai a vita. Tendevano anche a prendere ciò che volevano, non importava cosa: denaro, tesori, donne. Ladri, pirati e sciacalli, tutti quanti. Almeno, era quello che si diceva in giro. Ripensando a come lui si era comportato con me – con la bionda al bar – in effetti l'uomo sembrava rispecchiare quell'immagine.

Aveva anche un sorriso così malizioso da sciogliermi gli slip di dosso. "*Hai* incontrato un drago. Me."

Spocchioso. "No. Voglio dire, vivo in una città di mutaforma da tutta la vita. Pensavo di averne incontrato di ogni tipo, là fuori. Un drago però è nuovo anche per me."

"Siamo rari."

"Rari quanto?"

"Tanto che tu non ne hai mai incontrato uno."

"Non è una gran precisazione."

"Non vuole esserlo."

Sbuffai, e lui sorrise. Così andava bene, potevamo giocare in due al suo gioco. E con 'due' intendevo me soltanto, perché lui poteva già anche alzare bandiera bianca. Avrei vinto io. Cominciando con un colpo che nessun uomo prendeva mai volentieri.

"Perché i draghi sono così rari, allora? Ci sono... problemi noti, con..." Accennai al suo *draghetto* in mezzo alle gambe. "... L'equipaggiamento?"

D'un tratto lui sembrava pronto ad arrostirmi sputando fuoco... se ne fosse stato davvero in grado. "Nessun problema, no."

"Oh, perché una volta ho incontrato una femmina di ghepardo mutaforma, e non faceva che lamentarsi della bassa vitalità dello sperma nel ghepardo maschio. È un problema serio per loro."

"Io non sono un ghepardo mutaforma."

"Mmh. Allora sono i lunghi periodi di gestazione, come gli elefanti?"

"No, neanche come gli elefanti."

Se l'uomo avesse aggrottato ancora di più le sopracciglia, la faccia gli si sarebbe rotta in due. Perfetto.

Mi picchiettai il mento, fingendo di pensare... o pensando, senza fingere. Mi serviva un'altra frecciata. In generale trovavo la vita molto più equilibrata, nel prendere le cose in gruppi di tre. O era quello il motivo, oppure volevo solo vedere quanto ancora avrebbe abbassato le sopracciglia sul suo bel viso, prima di esplodere. La cosa poteva finire in due modi.

"Quindi, nessuna disfunzione erettile... anche se non lo ammetteresti mai." Gli feci l'occhiolino. "Né gestazioni eccessivamente lunghe. E ti ho visto muoverti, sicché non c'entra la lentezza nei movimenti, stile bradipo. Sul serio, Kingston, perché siete così rari?"

Lui sbuffò, con un'aria così rassegnata che quasi mi sentii dispiaciuta per lui.

Nah, bugia. Non ero ancora minimamente a quel punto.

"Non ci accoppiamo allo stesso modo degli altri mutaforma."

"Oh, quindi... avete problemi a incastrarvi? Tipo... vi spruzzate addosso lo sperma da lontano o qualcosa del genere? Se ricordo bene c'era un..."

"Maledizione donna, no. Non spruzziamo lo sperma."

"Peccato. Sarebbe divertente da guardare."

"Non so cos'ho fatto per meritare una creatura del genere," disse Kingston, molto più seccato di quando era arrivato. Del resto, io non facevo che mandare colpi a segno. "Abbiamo regole da seguire quando si tratta di queste cose, e in genere troviamo i nostri partner in tarda età, quindi non ci riproduciamo così velocemente come, diciamo... i conigli mutaforma."

Partner, non 'compagni'. E la faccenda dei conigli... sì. 'Darci dentro come conigli' aveva un significato particolare a Kinship Cove. No, anzi, come non detto. Significava la stessa cosa ovunque. Era il modo di dire universale per 'darci dentro in modo eccessivo'. "Poco ma sicuro. Andavo al liceo con una ragazza..." Mi interruppi e lo guardai a bocca aperta: la battuta perfetta mi travolse così all'improvviso da lasciarmi quasi senza fiato. "Ehi, allora è per questo che sei così vecchio!"

Kingston sussultò come se lo avessi schiaffeggiato, e io dovetti nascondere un sorriso. "Cosa?"

"Beh, voglio dire... hai questi capelli grigi. Non che sia una cosa brutta; porti bene il look da figo brizzolato."

"Look. Da. Figo. Brizzolato."

Il disprezzo nella sua voce raggiunse proporzioni epiche. Del tipo 'professor Piton con la luna storta'. Lo considerai un punto per me.

"Figo brizzolato, uomo maturo, sai? È il tuo ritratto. Pensavo volessi farmi da sugar daddy o cose così, vista la nostra differenza di età." Feci un'espressione perplessa, abbassando gli angoli delle labbra nel modo più esagerato possibile. "Sai, potrei essere troppo impegnativa per te. Forse non dovremmo andare a cena. Mi dispiacerebbe farti stare fuori fino a tardi."

Kingston-Brutti-Soprannomi *non* sembrò affatto divertito. "Pensi che sia troppo vecchio per stare al passo con te."

Non era una domanda. Né un'affermazione difficile a cui rispondere. "Forse."

L'uomo si avvicinò, sovrastandomi. Finendo con l'occupare tutto il mio spazio personale e col riempirmi gli occhi solo di lui. "Non provocarmi, ragazzina."

"Perché no, vecchietto?"

Allora mi posò le mani sui fianchi e io sussultai dalla scarica di eccitazione che mi percorse a quel semplice tocco, quasi da farmi finire a terra in ginocchio. Mi sembrò di scorgere qualcosa di scuro e lucido mentre gli cadevo praticamente in braccio, ma subito dopo eravamo in volo. Non sapevo come avesse fatto a uscire alla porta della pasticceria, non l'avevo davvero visto trasformarsi, ma non potevo negare il fatto che ero appena stata rapita da un drago.

Ed ero piuttosto sicura che mi stesse piacendo da matti.

Guardando Kinship Cove da un'angolazione completamente nuova – dall'alto – cercai di calmare il cuore che mi martellava nel petto. Tanto in alto e così veloci, Kingston ci fece sorvolare la città e puntò alle montagne. Le sue zampe erano strette al mio stomaco, con artigli lunghi e affilati e dall'aspetto decisamente pericoloso, ma attenti a non graffiarmi. Io non avevo paura, e lui non stava cercando di farmi del male. Avevo la sensazione che volesse dimostrarmi qualcosa, ma alla fine gli avrei concesso di tutto, più che altro perché non volevo che mi lasciasse cadere. Sembrava ragionevole, no?

Kingston ci portò su una profonda sporgenza a circa metà del crinale a ovest della città. Ricoperta su un lato da alberi ordinati in un sentiero, non sembrava il tipo di luogo in cui un serial killer avrebbe portato la sua vittima. Per mia fortuna.

Quando Kingston mi mise a terra, volò dall'altra parte della sporgenza atterrando con molta attenzione. Poi attese, fissandomi. Lasciando che lo guardassi per bene. Più alto di quanto mi fossi aspettata – e anche più grande – stava dritto sulle zampe posteriori in tutta la sua gloria di drago. Squame nere con una sorta di iridescenza che faceva risaltare i toni blu, verdi e viola; enormi occhi azzurri con pupille ovali; due ali. Due grandi ali coriacee che gli spuntavano da dietro le spalle e da sopra la testa.

Drago.

Già.

Era un drago.

E non avevo idea di come gestire tutta l'attrazione che provavo per lui.

"Ti prego, ritrasformati," sussurrai, tremando dal bisogno di toccarlo, dal desiderio che mi pervadeva. Qualcosa – nell'essere stata toccata da lui a mia volta, sopraffatta dalla sua forza e dalla sua velocità – aveva acceso un fuoco dentro di me. Uno che volevo veder bruciare.

Con una folata che mi accarezzò morbida la pelle e mi portò al naso un odore come di ozono prima di un temporale, il profilo di Kingston vorticò e si trasformò, apparendo nella sua forma umana in un batter d'occhio. E lui continuò a guardarmi con quei suoi occhi di ghiaccio.

Ed era... vestito?

"I draghi sono gli unici mutaforma che si trasformano senza strappare i vestiti?" Perché avevo visto fin troppi mutaforma nudi dopo essersi ritrasformati senza avere vestiti di ricambio nascosti da qualche parte. Le strade di Kinship Cove erano sempre piene di sederi al vento.

"Credo di sì. Ma la nostra magia è anche molto più antica della maggior parte degli altri mutaforma. Perché?" L'uomo inclinò la testa e si avvicinò, con un'aria fin troppo arrogante da poterlo prendere sul serio. "Volevi vedermi nudo?"

Sì. Certo che sì. "Certo che no."

"Menti."

Certo che sì. "No."

Allora mi afferrò la mano, tirandomi al suo petto e poi sfiorandomi il collo con il naso. Dandomi i brividi. "Riesco a sentirlo sulla tua pelle, Fiamma."

"Oddio," dissi io mentre le sue mani iniziavano ad accarezzarmi ovunque e le sue labbra mi sfioravano il collo. Così ardente, il suo tocco. Così meravigliosamente ardente e deciso e perfetto. Ne volevo di più. Ne avevo bisogno. Dovevo averlo. E invece... "Ti prego non rovinare tutto con quel soprannome fastidioso."

"Rovinare cosa?" chiese lui, mentre con i denti mi sfiorava il collo.

Io gli strinsi le braccia, intrappolandolo contro di me. Senza sapere se in realtà volevo dirgli di mordermi o meno. Ma sapendo che era il momento di osare un po', con lui. Così misi le carte in tavola... o sulla roccia, visto che eravamo in montagna. "Il nostro primo bacio."

"Hai intenzione di baciarmi, Fiamma?"

"Non se continui a chiamarmi così."

"Ma a me piace. È adatto a te."

Non avrebbe mai rinunciato a quel soprannome, e io ero stanca di spenderci energie. "Ehi, Kingston?"

"Sì, Fiamma?"

Idiota. Mi alzai sulle punte dei piedi. "Sta' zitto."

E fu così che lo baciai. Profondamente e intensamente e gemendo piano, mentre i nostri corpi si toccavano e le lingue si intrecciavano. Lo baciai con tutto ciò che avevo e per tutto ciò in cui avevo sempre sperato. Lo baciai per secondi, minuti e ore, lo baciai in tutti i modi che mi venivano in mente. Piantai le mie labbra sulle sue e mi rifiutai di toglierle, mentre il vento ci attraversava e il profumo di cannella riempiva lo spazio intorno a noi.

Quello sì che era un bacio; coinvolgeva tutti i sensi, intensificava ogni tocco con l'energia che scaturiva da noi. Un bacio da gran finale, che sostituiva in una volta sola i ricordi di tutti gli altri baci mai dati. Un primo ultimo bacio assolutamente perfetto.

Mentre la lingua di Kingston incrociava la mia e il suo ringhio diventava l'unica cosa che riuscivo a sentire, tutto ciò che avevo mai pensato di sapere su baci e attrazione e vita in generale mi esplodeva intorno e si riformava in una verità del tutto nuova, che non sapevo esistesse al mondo. Su di lui sì, riuscivo a concentrarmi. A lui potevo dare tutta la mia attenzione. Se io fossi stata una mutaforma e lui fosse stato qualsiasi altra cosa che non un drago, avrei detto che il destino ci aveva messi insieme di proposito.

Ma io ero umana.

E la sua razza non aveva compagni predestinati.

Ciò significava che ero totalmente e completamente fottuta, ancor prima di poter fare un giro sul *draghetto* di Kingston.

Speravo che almeno ne sarebbe valsa la pena.

5
GINGER

I draghi mutaforma avevano un sapore dolce e piccante come la cannella.

Lo sapevo bene. Probabilmente ero rimasta ore intere a baciare Kingston... in piedi, seduta su di lui, sdraiata sull'erba. I baci erano diventati appassionati e spinti, poi si erano calmati in bacetti e semplici strusciate di lingua, quindi di nuovo infervorati. Erano stati intensi, anche nel solo sfiorarsi delle nostre labbra. Baciare Kingston era diventato la mia vita, il mio mondo, il mio unico piacere. Non le sue mani che mi accarezzavano lentamente il corpo, o il modo in cui lui spingeva i fianchi contro i miei in un ritmo molto eloquente. No... solo i baci. Non riuscivo proprio a stancarmi. E quel sapore caldo di dolce alla cannella di certo non faceva che migliorare le cose.

Eppure, conoscere il sapore di Kingston non spiegava la mia ossessione. Non del tutto. Per quanto mi piacesse baciarlo – e a essere onesti, nessuno avrebbe mai passato ore su quel tipo di preliminari, se non gli fossero piaciuti sul serio – dovevo fermarmi. Avevo bisogno di riprendere fiato e di pensare, ma quando tirai via le labbra dalle sue, Kingston si spostò semplicemente su altre parti del mio corpo. Drago terribile.

"Oh, mia dolce Ginger," mormorò lui mentre mi lasciava una scia di brividi lungo il collo. Sospirai forte e piegai la testa all'indietro, facendogli spazio. Rabbrividendo mentre mi dava colpetti con la lingua. Avevo la sensazione che la sapesse usare meglio lui, quella particolare parte del corpo, che qualsiasi altro maschio umano. Avevo anche la sensazione che mi sarebbe piaciuto davvero tanto se avesse continuato a scendermi dal collo in giù.

Forse fermarsi non era una buona idea, dopotutto.

"Kingston," sussultai, mentre lui prima mi stendeva contro il terreno roccioso e poi mi veniva sopra e mi mordeva il collo.

"Sono qui, bellissima. Proprio qui."

Ed era… proprio lì. E cioè *proprio lì*. Non sapevo come fosse scivolato tra le mie cosce – maledetta magia dei draghi – ma ci era riuscito. Potevo sentirlo. Sentire il suo *draghetto*, che chiaramente non era così 'etto'. Potevo sentire quanto mi volesse. E lo adoravo. Ero pronta per qualcosa di più di semplici baci. Prontissima.

Kingston continuò a leccarmi il collo, sibilando e ringhiando a ogni assaggio. Mordendomi piano mentre si spingeva contro di me. Così delizioso. Tutto quello che faceva era così delizioso, a ogni suo verso il fuoco dentro di me avvampava. Stavo bruciando viva per lui, una sensazione che non avevo mai provato. Una in cui volevo annegare. Una che...

Mi morse un capezzolo.

Da sopra la maglietta, senza avvertimento, senza gentilezza. Mi morse forte il capezzolo, facendomi sussultare e inarcare a terra. Spingendomi dritta contro di lui.

Magari in un altro momento. Mi sarei abbandonata alle sensazioni in un altro momento.

"A qualcuno piacciono le cose un po' spinte," mormorò Kingston, con il respiro caldo e affannoso proprio dove mi aveva morsa, come a intensificare la fitta di dolore. "Non preoccuparti, Fiamma. Scoprirò i tuoi desideri nascosti. Ti darò esattamente quello di cui hai bisogno."

In quel preciso momento quello di cui avevo bisogno era lui, e io ne volevo di più. Dappertutto sul mio corpo. Afferrai i capelli di Kingston e lo tirai su fino all'altezza del mio viso; dovevo sentire di nuovo il suo sapore sulla lingua. Volevo avere le mie labbra sulle sue mentre spingevo i fianchi contro di lui. Mentre ci tormentavamo a vicenda dimenando i nostri corpi. Il sapore della sua lingua, la pressione della sua bocca sulla mia erano una droga della quale non mi sarei mai liberata. Una che non avrei mai smesso di farmi... a meno che non me l'avesse tolta lui. Un pensiero che faceva riflettere, e che spinsi subito via. Al diavolo il dolore con cui poi avrei dovuto fare i conti. Ne sarebbe valsa la pena. Kingston ne sarebbe valsa la pena. L'avevo già capito.

"Ti voglio," ansimai, abbandonandomi al desiderio che mi ribolliva dentro. Di solito non ero mai io a fare la prima mossa, ma Kingston tirava fuori quel lato di me. Dal baciarsi al fare il passo successivo, ero io che dettavo il ritmo. Lo tirai più vicino, bruciando qualsiasi pensiero fastidioso con il calore del suo corpo. Perdendomi in lui, che muoveva i fianchi in un modo che mi spediva brividi di desiderio lungo la schiena, facendomi smettere del tutto di pensare. "Ti voglio adesso, Kingston. Ti prego."

Il suo ringhio mi scosse fino alle punte dei piedi. "Mi dai il permesso, bellissima? Perché devo averlo, da te. Non posso costringerti a fare niente."

"È il tuo fascino che mi costringe a fare cose." Sorrisi mentre lui ridacchiava, godendomi quel crescendo di energia tra di noi. Il modo in cui ci combinavamo alla perfezione. Il conforto che mi dava. Era tutto reale. Così tanto reale.

"Devi esserne sicura. La magia del mio drago ti può convincere ad andare in una direzione che in realtà non vorresti prendere, ed è per questo che ho bisogno..." Kingston smise di muoversi, smise di baciarmi e di leccarmi e di spingermi, per poi fissarmi con l'espressione più intensa che avessi mai ricevuto. Potevo *sentire* il peso del suo sguardo, il desiderio nei suoi occhi. Sentivo tutto quello che c'era tra di noi, e quella forza – quella sicurezza – mi rubò il respiro.

"Cosa devo fare?" chiesi allora con voce bassa e ansimante. Soltanto un sussurro, per non spezzare l'incantesimo di quel momento. "Qualsiasi cosa, devi solo dirla. E te la darò."

Il suo sorriso si allargò. "Ho bisogno di te, di questo. Di entrarti dentro. Del tuo corpo avvolto intorno al mio. Il tuo sapore sulla lingua, e le tue cosce che mi stringono il viso mentre ti mangio tutta. Ho bisogno di infilarmi in quel tuo calore delizioso e venirti dentro. Ho bisogno di sentirti urlare il mio nome mentre mi prosciughi. Ho bisogno di tutto questo, Fiamma. Ma non conta quello che voglio io, ma quello che vuoi *tu*. Dammi il permesso per tutto questo, o solo per certe cose come baci e carezze, o per andare fino in fondo. Qualunque cosa vuoi, te la darò. Tutto ciò che non vuoi, non lo farò."

Scelta mia. Decisione mia. Le mie parole potevano far finire tutto subito o aspettare di portarmi al culmine. Farmi lasciare sulla nuda terra e spezzare tutto dentro di me quando lui se ne fosse andato. Le mie parole potevano essere uno scudo per nascondermi o una chiave per liberarmi, anche se solo per un momento.

Avrei sempre scelto la mia libertà. "Tu. Ti voglio tutto."

"È il tuo permesso, bellissima?" chiese Kingston, il suo corpo teso sopra il mio, un rombo profondo nelle sue parole. "Ti darò ogni parte di me senza neanche pensarci, ma farai lo stesso con me? Mi stai dicendo che posso averti tutta?"

Avermi tutta. Ogni centimetro. Ogni parte... anche quelle che avevo paura si potessero spezzare. Solo per una notte, mi sarei data completamente a qualcun altro. Solo una notte. "Sì. Tutta."

"Oh, destino, grazie." Kingston si lanciò all'attacco, catturandomi la bocca in un bacio così ardente e intenso che raggiunsi l'estasi praticamente solo con quello. Ma lui non aveva ancora finito con me... neanche lontanamente. Senza altre parole, si tolse dalla mia bocca e scese lungo il mio corpo, solleticandomi i fianchi mentre mi sfilava la gonna e mi allargava le gambe con le sue spalle, finendo con il ruggire proprio contro la mia parte più intima.

"Ho voluto assaggiarti da quando ti ho vista per la prima volta in pasticceria. Volevo sentire il tuo sapore sulla lingua mentre ti leccavo tutta."

Ma non lo fece. Aspettò, fissandomi con un'espressione rapita sul viso, così perso nei suoi pensieri che credevo non sarebbe mai andato avanti oltre quello. Che si fosse distratto così tanto da fermarsi del tutto. Non lo avrei permesso.

"Beh... continua pure."

"Inizi a capire questa cosa del permesso," mi disse, poi smise di parlare e iniziò a leccare. A succhiare. A darmi colpetti con la lingua. Avvolse le labbra intorno al mio punto più esterno e più sensibile e mi fece inarcare contro di lui, con il fuoco che mi bruciava sotto pelle. L'uomo ci sapeva fare... davvero, davvero tanto. Mi ritrovai a spingermi contro la sua faccia e contro le sue dita in men che non si dica, a gridare che volevo di più e ad aggrapparmi ai suoi capelli per avere più presa. Una ragazza avrebbe anche potuto abituarsi a quel tipo di devozione.

Forse non avrebbe dovuto. Ma di sicuro avrebbe potuto.

Scacciando pensieri di accoppiamenti temporanei e partner e non-compagni, lasciai che fosse il mio corpo a comandare. Lasciai che il piacere che mi percorreva si accumulasse e crescesse e mi portasse oltre il limite. Lasciai che raggiungesse il culmine mentre ogni mio muscolo si contraeva e tremava. Mentre venivo. Kingston però non si fermò. Oh, no. Rallentò un po', mormorando piano contro la mia pelle come una sorta di uomo-drago-vibratore. Continuò a penetrarmi con le dita e a respirare affannosamente sul mio punto preferito finché non mi calmai abbastanza dal gemere il suo nome, quindi ricominciò da capo. Non mi ci volle molto a venire un'altra volta, a gridare e contrarmi e cercare di tirarmelo dentro il più che potevo, dato che il mio corpo pretendeva di essere riempito. Pretendeva di passare al livello successivo. Quello che prevedeva un'altra parte del suo corpo dentro di me.

"Basta," dissi, tirando di nuovo Kingston all'altezza del mio viso. Avvolsi le gambe intorno ai suoi fianchi quando finalmente fu sopra di me. "Di più. Voglio di più."

"Più di cosa, bellissima?" Kingston mi baciò dolcemente, passandomi il mio sapore. Gemendo piano prima di continuare: "Dimmi cosa mi permetti di fare, e io lo farò. Qualsiasi cosa."

Il permesso. Di nuovo. Mi dava il potere di decidere cosa avremmo fatto. Non me lo sarei mai aspettata. Specialmente non da un drago. Ma mi piaceva. Un sacco.

"Se ti dicessi di toglierti tutti i vestiti?"

"È questo che vuoi?"

Mmh. "Sì."

L'uomo si alzò in piedi con la grazia minacciosa di un animale, e si tolse i vestiti. Nudo. Era così terribilmente bello, nudo.

"E ora?"

Mi ci volle fin troppo tempo per rispondere, visto com'ero distratta da tutta quella nudità. "Torna qui."

Kingston si stese su di me, ed entrambi sospirammo condividendo il crescente calore dei nostri corpi. "Sono qui. Cosa vuoi che faccia?"

Oh, mi costringeva davvero a chiederlo. Non ancora, però. Mi piaceva troppo l'idea di tormentarlo un po', prima. "Baciami."

Non avevo neppure finito di pronunciare le parole prima di avere quelle labbra sulle mie, la sua lingua che accarezzava la mia. Kingston di sicuro sapeva come baciare. Né troppa saliva né movimenti bruschi, solo il morbido scivolare delle sue labbra sulle mie, con l'intensità di uno che adorava essere baciato, e il sapore delizioso della cannella. Sempre.

"E ora?" chiese quando alla fine si allontanò, respirando più a fatica.

Io non ero in condizioni migliori. "Il seno. Voglio sentirci sopra le tue mani."

"Solo le mani?" Mi afferrò un seno, senza togliere gli occhi dalla sua mano che lo impastava. "Devi essere specifica, Fiamma. Ti devo pizzicare i capezzoli e basta?"

Mi pizzicò.

Mi inarcai tanto da staccarmi quasi da terra. "Con la bocca. Ti prego."

"Con piacere."

Bugie. Il piacere non era suo, ma tutto mio. Le sue labbra morbide circondarono la punta del mio seno. La sua lingua – umida e calda e così capace – mi colpì il capezzolo mentre lui succhiava. Era tanto, eppure non era abbastanza. Le mie parti basse non avevano nulla cui stringersi intorno, volevano di più. Volevano essere riempite. E per quanto mi piacesse stuzzicarlo, prendermela comoda e continuare a farlo aspettare, iniziavo a pensare che la persona a soffrire di più in realtà fossi io.

Anche se ero già venuta.

Due volte.

Vabbè. Ero un'ingorda.

"Kingston," sussultai quando mi morse – *morse*, proprio – il capezzolo. "Ora. Di più... ora."

"Più cosa? Devi dirlo a parole, Fiamma."

Mi sarebbe piaciuto poter dire che quel soprannome mi avesse fatto rinsavire e farla finita lì. Ma sarebbe stata una bugia. Non fece niente del genere. Anzi, mi era anche piaciuto.

La magia dei draghi era una cosa seria.

"Forza, dolcissima." Kingston spinse i fianchi contro i miei, tormentandomi tra le cosce con la sua dura eccitazione. Strofinandosi sul punto in cui ero già bagnata per lui, rossa e bisognosa di attenzioni. "Dimmelo, ed è tuo. Non devi neppure chiederlo. Dillo e basta. Dammi il permesso, e ti darò tutto."

Perché avrei dovuto dire di no? "Ti voglio dentro di me."

"Quale parte di me?" Kingston fece scivolare una mano tra di noi, circondandomi quel piccolo fascio di nervi con il dito per poi subito toglierlo. Toccando invece la mia calda apertura. "Il dito? La mano? O la mia parte migliore?"

"Kingston," mugolai, sforzandomi di strofinarmi contro quella sua mano malvagia.

"È divertente, tesoro. Farti chiedere quello che vuoi, guadagnarmi il tuo permesso a ogni passo. Divertente e necessario. Quindi dimmi cosa vuoi. Quale parte di me vuoi dentro di te, così rossa e così perfetta? Il dito?" Mi sfregò con una nocca, il drago malvagio. "La mano?" Si allontanò da me un attimo prima di far scendere la mano più forte di quanto mi aspettassi, colpendo interamente la mia parte più sensibile. Quello schiaffo fu abbastanza da darmi un altro piccolo orgasmo. "Oh, ti piace. Ma c'è un'alternativa. Se me lo chiedi, posso darti altro di me. Spingertelo tutto dentro, riempirti come desideri." Sfregò la punta della sua erezione contro la mia fessura, bagnandosi, solleticandomi. "Quale parte di me vuoi?"

Come se riuscissi a ragionare, con lui *proprio lì*. "Tutte quante?"

Lui ridacchiò. "Ragazzina avida."

Io l'avevo detto.

"Teniamoci qualcosa per dopo. Adesso, voglio questo." Allungai una mano tra di noi per afferrargli il *draghetto*, stringendolo e facendo scorrere il pugno su tutta la sua lunghezza. "Posso averlo, per favore?"

"Così, brava." Kingston scostò la mia mano, e si piegò fino ad accarezzarmi di nuovo lì sotto con la punta della sua erezione. "Ti darò tutto quello che vuoi, soprattutto perché me l'hai chiesto così gentilmente."

"E se non l'avessi fatto?"

Lui si fermò, e aggrottò la fronte. "Fatto cosa?"

"Chiesto gentilmente. Mi avresti comunque dato quello che volevo?"

"Sì." Mi scivolò dentro con più della semplice punta, ma trattenendosi ancora. "Ma te l'avrei fatto guadagnare."

Gli afferrai le spalle mentre premeva più a fondo, riempiendomi lentamente. Molto lentamente. "Allora è una buona cosa che sappia dire 'per favore'."

"Dammi qualche minuto e te lo farò anche urlare."

Per fortuna, l'uomo mantenne la sua promessa. In pochi secondi – neanche minuti – si era spinto in profondità, allargandomi con le sue notevoli dimensioni e riempiendomi così tanto da farmi gemere come una pornostar. O almeno, lo potevo solo immaginare. Non che guardassi i porno così di frequente.

Ok, bene. Lo facevo. E mi piaceva. Ma mi piaceva di più farlo di persona, soprattutto con Kingston. Quell'uomo sapeva esattamente cosa dire per farmi andare su di giri.

"Cazzo, Fiamma. Sei fantastica, mi stringi così bene. Così calda e perfetta."

Visto?

Kingston mandava a segno un colpo dopo l'altro con così tanta forza da farmi scivolare sul terreno, mentre io mi tenevo aggrappata alle sue spalle, farfugliando parole a metà e sillabe insensate, a ogni spinta. Stretta a lui raggiunsi di nuovo l'orgasmo, il più forte che avessi mai provato. Lui si inarcò e diede un'ultima forte spinta, gemendo e venendomi dentro. Vivo. Nudo. Senza protezioni.

Non la cosa più intelligente che avessi mai fatto, ma non mi ero potuta fermare.

E dopo, sdraiati all'ombra avvolti l'uno intorno all'altra, mi crogiolai nella sensazione di vederlo addormentarsi tra le mie braccia, e di passare la notte così, con lui. La sensazione di addormentarmi con qualcuno. Una cosa che non avevo mai fatto prima. Una cosa che probabilmente avrebbe cambiato per sempre il mio modo di vedere le relazioni amorose.

Una cosa che mi aveva fatto venire voglia di storie a lungo termine, di potenziale, di accoppiamenti e di altro che prima non avrei mai voluto.

Fino a lui.

6
KINGSTON

Dovevo aver pagato caro il prezzo della mia ultima notte insonne, perché subito dopo essere venuto dentro la mia compagna non riuscivo a ricordare di aver detto una sola parola. Neanche una. Niente di dolce o di amorevole per rassicurarla. Niente per pontificare su quanto fosse stata gloriosa la nostra serata insieme. Niente per spiegare il mio ruolo nella sua vita o la dinamica del nostro accoppiamento. Passai dal perfetto calore del suo corpo all'oscurità del sonno come un qualunque maschio umano.

Ciò che mi risvegliò dal quel sonno ristoratore fu come una vibrazione alle parti basse, e la sensazione di qualcosa di caldo che mi scorreva su tutta la lunghezza. Qualcosa di umido, tipo…

"Cazzo, Fiamma." Le afferrai la testa e mi inarcai all'indietro mentre Ginger mi prendeva in bocca. *Tutto* completamente in gola. Così profonda, così calda, umida e dannatamente perfetta. Non sarei durato a lungo. Così avrei potuto subito assaggiare la sua, di intima dolcezza. "Ah, così. Succhia più forte."

Lei lo fece, gemendo piano mentre andava su e giù con la testa. Al diavolo il sonno. Quando avevo una splendida ragazza sexy impegnata a farmi certe cose, a chi serviva il sonno? Non a me. O almeno me ne sarei convinto, non importava quanto avessi le palpebre pesanti o quanto lento mi sembrasse il mio cervello. Per un lusso del genere, sì che potevo restare sveglio. Decisamente.

Sforzandomi il più possibile di non rovinare tutto – se mi fossi addormentato e mi fossi perso il momento clou – spinsi lentamente i fianchi entrando un po' più in profondità, mentre Ginger succhiava tirando le guance come se la sua vita dipendesse da quello. Destino mio, la donna ci sapeva davvero fare. Senza troppo sputo, senza troppo scompiglio, e con un fottio di risucchio in gola. Avrei potuto starci per sempre, in quel calore. Avrei potuto morire lì nella sua bocca senza rimpianti. A parte uno.

"Vieni qui," dissi, tirandola su per le spalle. Lei si staccò da me e si leccò le labbra, e per poco non mi fece venire lì per lì.

"Ma avevo appena iniziato."

Sì, infatti. Le sue belle labbra imbronciate quasi mi convinsero a lasciarla continuare. Ma avevo bisogno di qualcosa di più della sua bocca. Volevo un assaggio di lei. "Tocca a me."

Il suo sorriso fu un pugno allo stomaco, e il modo sinuoso in cui mi strisciò lungo il corpo mi fece alzare ogni centimetro sull'attenti. Destino mio, com'era sexy.

"Cos'avevi in mente?"

"Ti voglio sulla mia faccia." Appena riuscii a raggiungerla, la afferrai per i fianchi. La tirai su facendola scivolare lungo il mio corpo. Oltre il mio petto. Finché non fu con le cosce da una parte e dall'altra della mia testa. La sua risatina però mi sembrò più nervosa di quanto avrei voluto. "Il permesso è sempre valido?"

"Certo. Insomma... voglio provare di tutto nella vita."

Mi raggelai, con le mani intorno alle sue morbide cosce, con il suo odore intimo tanto vicino da mettermi nella voce un ringhio che non avrebbe dovuto essere così forte. O forse quello era rivolto ai suoi partner precedenti, che dovevano averle negato un'esperienza del genere. "Mai provato il facesitting?"

"È una domanda un po' personale."

"Concedimela."

"Ok." Ginger guardò in basso, verso di me, e i capelli scuri le ricaddero in avanti. I suoi occhi castani rimasero fissi nei miei, anche quando il rossore iniziò a colorarle il petto e il collo. Nervosa. Era davvero nervosa. "C'è stato qualche ragazzo che mi ha leccata, ma non..." Agitò una mano per indicare i suoi fianchi e la mia testa. "... Non così."

"Quindi sarò il primo."

La sua testa piegata e il sopracciglio alzato mi dissero più di quanto lei non avrebbe mai potuto, a parole. "Se è quello che vuoi tu."

Lo era. Lo era davvero. Non mi importava del suo passato – in realtà mi piaceva che fosse un'amante aperta e attiva, perché avrei potuto soddisfarla meglio – ma regalarle una nuova esperienza del genere era un regalo anche per me. Un'opportunità per dimostrarle il mio valore. E glielo avrei dimostrato.

"Non voglio perdere quest'occasione per farti fare una nuova esperienza, Fiamma." Sollevai la testa verso di lei. Volevo avere il suo sapore in gola. "Vieni un po' più vicina. Voglio che mi copri tutta la faccia."

Ginger scivolò in avanti, e il suo delizioso rossore non fece che crescere. "È un po' problematico."

"Perché? Perché potresti soffocarmi, se volessi?"

"Continua a chiamarmi Fiamma e magari ci penserò."

"Ti prego, fallo. Sarebbe un bel modo di morire."

"Ma per favore. Come se..."

Le sue parole morirono in un suono strozzato mentre la leccavo una prima volta da cima a fondo. Non succhiai, non usai le dita, non la penetrai; solo la mia lingua sulla sua pelle calda. Me la gustai. E se le diedi un bel colpo di lingua quando raggiunsi il suo punto preferito sul davanti, tanto meglio. Se lo meritava.

"Ho ancora il permesso, bellissima?"

Le tremavano le cosce. "Sì. Certo che sì."

"Bene." La leccai di nuovo, con più forza. Altri colpetti. Altro e ancora altro. Aggiunsi alla mia lingua anche i denti e le labbra, mentre lei iniziava a perdersi nelle sensazioni. Mi afferrò i capelli e iniziò a dondolare i fianchi, cavalcandomi la faccia proprio come avevo voluto. Desiderato.

Me la lavorai per bene, e quando lei raggiunse l'orgasmo, quando urlò il mio nome e inarcò la schiena ricoprendomi il mento di tutta la sua eccitazione, io mi riempii di orgoglio come mai in vita mia. Ce l'avevo fatta, avevo soddisfatto la mia compagna con un'esperienza del tutto nuova. Qualcosa che gli altri maschi non le avevano dato. Io invece ci ero riuscito.

"Oh, Kingston... come fai ad avere quest'effetto su di me?" sussurrò allora, passandomi le dita tra i capelli mentre io rimanevo sdraiato sotto di lei, bagnato anch'io perché ero venuto nel suo stesso momento. Senza aver avuto bisogno di stimoli se non il suo profumo, il suo sapore e il suono del mio nome sulle sue labbra. Una beatitudine assoluta. Ed ero io il bastardo fortunato che avrebbe potuto avere *questa* donna per sempre.

Volevo dirle così tante cose: del mio passato, dei miei piani per il futuro, dell'eredità della mia razza e di come avrebbe interagito con la sua. Volevo tenerla abbracciata e parlare con lei per il resto della notte, ma mi riuscì solo una delle due cose. Riuscii a stringerla tra le braccia e a rotolare sopra di lei. Ad avvolgerle le braccia intorno e a tenerla stretta prima che il sonno mi reclamasse e io mi addormentassi. Con la mia compagna al mio fianco. Che era l'unico posto per lei.

Avremmo parlato l'indomani mattina.

GINGER

Dormire all'aperto con gli insetti e i rumori e tutte le cose che potevano andare storte di solito non era il mio genere, ma con Kingston, dormii come un sasso. E feci sogni piuttosto vividi. Vividi e vorticosi, di animali che correvano per la foresta e sguazzavano nei torrenti. Di lupi che cacciavano insieme alla luce del tardo pomeriggio. Di un animale solitario che ululava alla luna, seduto in una radura; le orecchie a punta alzate e il pelo di soffici riccioli. Così saporito che tutti gli animali ne avrebbero voluto un morso. Avrebbero leccato volentieri la glassa da...

"Merda." Mi misi dritta a sedere proprio mentre il sole spuntava dalla cima della montagna, risvegliandomi da un sonno profondo con un solo pensiero in testa. "Ho dimenticato di consegnare la torta."

Per fortuna Kingston non si svegliò, al mio scatto. Proprio come speravo. Certo, sarebbe stato più facile scuoterlo finché non avesse aperto gli occhi, e poi chiedergli di riportarmi a casa. Probabilmente mi avrebbe baciata, si sarebbe trasformato e mi avrebbe fatto volare giù per la montagna. Ma l'idea di come sarebbe finita – l'imbarazzo dell'addio dopo una notte così incredibile – mi fece scartare quell'alternativa. Sarebbe stato meglio per entrambi se me ne fossi andata io, a piedi. Niente scene, niente scuse. I draghi non prendevano compagni a vita come gli altri mutaforma, quindi si era trattato solo di una notte e basta. Una notte gloriosa e bellissima che avrei ricordato anche molto tempo dopo che Kingston avesse lasciato la città.

Forse per sempre.

E che stronzo era, a farsi desiderare così tanto?

Ma io non potevo fare la classica ragazza appiccicosa. Tipo quella che si rifiutava di lasciarlo andare quando lui magari aveva detto che non voleva altro da lei. Avevo il mio orgoglio da proteggere e le mie regole da seguire; una notte e via. Nessun impegno, nessun lungo termine, nessuna complicazione. Il mio cervello sapeva che era meglio non rimanere incastrata in qualche fantasia da 'per sempre felici e contenti' solo perché l'intimità fisica andava alla grande.

Il mio cuore... beh, ero abbastanza sicura di aver già fatto un bel casino trascorrendo tutto quel tempo tra le braccia di un drago che, ancora nudo, mi restava avvinghiato. Il cuore lui me lo aveva già polverizzato con i suoi sorrisi diabolici e le parole dolci, con quegli occhi sensuali azzurro ghiaccio e col chiedere il mio permesso prima di fare ogni mossa. Kingston mi aveva distrutto nel migliore dei modi con molto più del semplice sesso, anche se quello era ottimo. Mi piacevano il suo atteggiamento e i suoi modi irritanti. Volevo sentirmi chiamare Fiamma anche se mi mandava fuori di testa. Volevo... un sacco di cose che semplicemente non potevo avere.

Approfittai di come noi due eravamo messi l'uno intorno all'altra, e contai fino a venti. Passai le dita tra i suoi capelli sale e pepe, sfiorai con le mani quelle spalle e quelle braccia muscolose. Presi con me un po' del suo calore e del suo profumo di cannella. Dissi addio al modo in cui mi faceva battere forte il cuore. Mi impressi nella memoria il suo profilo, per quelle notti in cui fossi stata sola e avessi desiderato qualcosa che invece non avrei mai avuto.

Diciotto... diciannove... venti. Dovevo andare.

Kingston dormì mentre io mi districavo dalla sua presa. Dormì mentre incespicavo alla ricerca dei miei vestiti. Dormì pure mentre lo maledicevo, cercando una via d'uscita dalla scogliera – meno male che c'erano i percorsi segnati che io e le mie sorelle esploravamo praticamente tutti i giorni, da bambine – e prendevo la strada per tornare in città. L'uomo in definitiva non si mosse, mentre io lo lasciavo da solo sulla scogliera.

Il che fu probabilmente una buona cosa.

Potevo evitare l'imbarazzo dei saluti dopo la nostra avventura notturna e tutto quanto. Nessun 'ti richiamo' o 'ci vediamo', nessuna piccola bugia per far sentire meglio l'altro. Solo io che scivolavo nell'ombra, facendo del mio meglio per non pensare a tutte le opportunità mancate di una vita in cui il destino non avesse ingabbiato persone come Kingston. Dove magari – solo magari – avrei potuto abbassare la guardia e concedermi più di una notte.

Mi allontanai da Kingston prima che lui potesse allontanarsi da me, lasciando un pezzetto del mio cuore su quella scogliera, con il drago che aveva sconvolto il mio mondo.

Accidenti a lui.

C'erano tre cose che un drago non avrebbe mai voluto provare sulla sua pelle.

La prima era restare bloccato a terra per via di qualche danno alle ali. Eravamo animali volanti; volteggiavamo tra flussi e correnti d'aria.

La seconda era avere freddo. In quanto animali a sangue freddo, tendevamo a cercare calore da fonti esterne. Il sole andava bene, l'acqua calda anche meglio, ma l'attrito di due corpi che si univano era il migliore. La mancanza di calore… beh, ci rendeva irritabili.

Ma la terza, la più grande paura di ogni drago, era l'essere respinti dalla compagna. Ci voleva così tanto per trovare la propria, e c'erano così tanti ostacoli da superare per essere sicuri che lei fosse attiva e consenziente a ogni passo, che perderla prima di poter ultimare il legame era veramente orribile. Almeno era quello che avevo sempre pensato, quando ascoltavo gli altri draghi raccontare storie e leggende. Non avrei saputo dirlo, visto che non avevo ancora mai trovato la mia compagna predestinata.

Fino a Ginger.

Avevo pensato che trovarla, stare con lei e convincerla a darmi un'opportunità per soddisfarla sarebbe stato solo l'inizio di qualcosa tra di noi. Che avrebbe aperto le porte alla possibilità di un legame a vita. Ma quando mi svegliai da solo sulla scogliera – al freddo e senza compagna, sotto un sole troppo alto per essere ancora mattina presto – provai in una volta sola due di quelle tre cose che riuscivano a spaventare un drago.

Per fortuna potevo ancora volare.

Quando mi resi conto che in effetti la mia compagna se ne era andata ormai da ore, mi infilai i vestiti e mi trasformai, volando con forza e velocità verso l'altra parte della città. Non dormivo mai così profondamente come avevo fatto la notte prima, non arrivavo mai ad addormentarmi tanto da lasciare che qualcuno si avvicinasse – o allontanasse – di soppiatto. A quanto pareva, travolgere la mia compagna di orgasmi e liberarmi a mia volta dentro di lei mi aveva distrutto. O forse era stato il prezzo da pagare per non aver dormito la notte prima ancora, per sorvegliare casa di Ginger. In ogni caso, il mio tempismo era uno schifo. Avrei voluto svegliare la mia compagna con la mia bocca sulla sua parte più dolce, ma lei se ne era andata. Andata... per ragioni che non riuscivo a immaginare. Era una cosa che dovevo risolvere. Non le avevo ancora spiegato come funzionava il nostro accoppiamento, non l'avevo morsa e reclamata come mia. Dovevo trovarla e convincerla a stare con me. Sempre.

Poi l'avrei sculacciata per bene su quel culetto sodo, per avermi lasciato lì da solo senza neanche un saluto.

Mi diressi prima a casa sua, trasformandomi mentre atterravo e quindi precipitandomi sul portico.

"Ginger!" Diedi sonori colpi alla porta, urlando il suo nome più volte. Una perdita di tempo, sembrava. Nessuna risposta. E nulla all'interno che indicasse che fosse in casa. Ma continuai a colpire la porta, più forte e più a lungo. Non si sapeva mai.

"Ehi," disse un uomo che era uscito dalla porta della casa accanto, guardandomi male. "Che problema c'è?"

Io non avevo tempo per le chiacchiere. "Conosci Ginger Chance? La sto cercando."

"Sì, la conosco. Tu sei sicuro di conoscerla, invece?"

Protettivo. Era l'unico modo per descrivere l'atteggiamento e il tono di quell'uomo. E proteggeva Ginger da me, che comicità. Semmai, essendo io il suo compagno, lei era più al sicuro con me. Ma quel tizio – un leone mutaforma, dal suo odore – doveva pensare di sapere meglio di me di cosa avesse bisogno Ginger. Carino.

È irritante. "Sono abbastanza sicuro di conoscerla meglio di molti altri, visto che sono il suo compagno. L'hai vista oggi o no?"

"Ginger è la tua compagna?" Il leone si mise a ridere. "Cosa diavolo hai combinato da far incazzare così tanto il destino?"

Il mio ringhio lo zittì. "Hai visto la mia compagna?"

"No, bello. Non oggi. Dovresti provare alla pasticceria dove lavora."

Ovviamente. "Grazie."

Mi trasformai sul posto e scattai in aria, ignorando l'esclamazione di sorpresa del leone. *Esatto, stronzo. Ginger aveva un drago per compagno.*

Ma solo se lei mi avesse accettato come tale.

Volai verso la pasticceria, passando sopra l'edificio e poi atterrando sul retro. Non percepivo Ginger, non sentivo il suo profumo piccante nell'aria, ma ciò non mi impedì di correre alla porta. Ciò che me lo impedì, invece, fu una donna. Una donna minuta e pacata che riconobbi come una delle sorelle di Ginger, che stava uscendo dall'edificio in cui io stavo cercando di entrare.

Comodo. "Dov'è lei?"

La donna – Madeleine, se ricordavo bene – si girò con un grido, praticamente cadendo all'indietro contro un cassonetto. Prima che potessi offrirle la mano per aiutarla a rialzarsi, la porta sul retro si spalancò e un uomo si precipitò tra di noi. Un uomo che conoscevo bene.

"Jericho..."

"Allontanati subito da lei."

Mi bloccai, spostando lo sguardo da Madeleine a Jericho e viceversa. Probabilmente riuscii a capire la situazione più velocemente di lui. Il suo ringhio e l'atteggiamento protettivo mi dissero tutto ciò che avevo bisogno di sapere: l'uomo aveva di sicuro trovato la sua compagna. E di sicuro non si trattava di un'orsa.

Ma quelli erano affari suoi; io avevo la mia battaglia da combattere con il destino. Così alzai le mani, e mi scansai da Madeleine. "Non volevo far del male alla tua compagna. Stavo solo cercando la mia."

"Non sono la compagna di Jericho," disse Madeleine, con un tono di voce molto più arrabbiato di quanto mi sarei aspettato. E sbagliandosi anche, di molto.

Jericho sbuffò; il suono più miserabile che avessi mai sentito. "Cosa vuoi, Kingston?"

"Ginger. Dov'è?"

"Perché?" chiese Madeleine.

Con lei, l'onestà mi sembrò la strategia giusta. "È la mia compagna."

La ragazza sbiancò e sembrò rimpicciolirsi davanti ai miei occhi. "Oh."

Ecco. Nient'altro. Eppure era riuscita a darmi l'impressione di una completa e totale devastazione. Un'unica sillaba non aveva mai portato così tanto dolore. "Mi spiace. Non so…"

"Va bene," disse Jericho, spostandosi di nuovo tra me e lei. "Ginger però non c'è. Dovresti andartene."

"Non a mani vuote. Voglio sapere dov'è la mia compagna. Devo sapere che sta bene."

Jericho arricciò il naso, un gesto strano per un uomo così grande, e guardò Madeleine. "Cosa dici?"

Madeleine sbuffò una risatina sarcastica, per poi guardare Jericho con gli occhi più tristi che uomo – o animale – avesse mai visto. "Quindi se si tratta di Ginger ti importa cosa penso?"

"Mad…"

"Ginger non c'è e non verrà," disse lei, parlando sopra all'orso mutaforma che le stava davanti. "Non so dove sia, ma lei e Coco hanno saltato il lavoro per oggi. Però so che stasera sarà alla festa. L'addio al nubilato di Fiona. È al Metro Club."

Una festa. Ginger mi aveva lasciato senza salutarmi e sarebbe andata a una *festa* al Metro Club, un posto dove i single bevevano e ballavano l'uno sull'altro. Dove si faceva sesso nei bagni, negli angoli bui e persino in pista.

E Ginger ci sarebbe stata, quella sera. Senza me al suo fianco.

Avrei voluto potermi arrabbiare con lei, far ruggire i miei sentimenti feriti da sopra la città e bruciare tutto nella mia ira, ma non potevo. Non ero stato chiaro, non le avevo dato abbastanza motivi per stare con me. Non avevo usato tutte le mie carte per conquistarla. Mi ero guadagnato il suo permesso per del sesso casuale, ma non per un vero accoppiamento con me.

Avrei cambiato le cose.

Quella notte.

Decisione presa, feci un cenno alla sorella di Ginger. "Grazie."

Madeleine scrollò le spalle. "Mia sorella merita la felicità."

"Anche tu."

Le ricomparve sul volto quel suo sorriso triste. "Sì. E ho intenzione di trovarla, senza farmi più trattenere da niente e da nessuno." La ragazza superò me e Jericho, andando verso una piccola auto rossa in fondo al parcheggio. "Divertitevi, ragazzi. Io ho degli affari da sbrigare."

La guardammo mentre se ne andava. Io, preoccupato e ansioso di andarmene ma in qualche modo incapace di farlo; Jericho, teso e dall'aria pronta a combattere.

"A che affari si riferiva secondo te?" mi chiese infine lui, sempre senza distogliere lo sguardo da dove l'auto era scomparsa dietro l'edificio.

"Il suo compagno dovrebbe saperlo."

"Non sono il suo compagno."

Bugie. "Chi vuoi prendere in giro?"

Jericho sospirò e alla fine incontrò il mio sguardo. Sembrava pensieroso, perplesso. "La conosco da quando era piccola."

Che cosa stupida di cui preoccuparsi. "È cresciuta."

"Credi che non lo sappia?" mi chiese lui con un ringhio, passandosi una mano tra i capelli mentre iniziava a fare avanti e indietro. "So che non è più una cavolo di bambina. Lo so da prima che si diplomasse al liceo, quando mi sembrava d'essere un vecchio bavoso anche solo a guardare nella sua direzione." Sospirò di nuovo. "Mi sento ancora un vecchio bavoso."

"Io avrò diverse centinaia d'anni più della mia compagna, e invece sei tu quello che si sente un vecchio porco per il dono che ti ha fatto il destino." Gli diedi una pacca su una delle sue grandi spalle. "Vorrei tanto rimanere e farti vedere quanto sei stupido, ma ho una compagna da rintracciare."

"Ma come hai fatto a perderla?"

"Mi sono addormentato."

Jericho grugnì in risposta. "Dormire è bello."

"Le compagne sono anche meglio." Mi trasformai e presi il volo prima che lui potesse rispondere, lanciandomi dritto nel cielo di Kinship Cove per scoprire dove fosse la mia compagna, quando avesse deciso di farsi vedere.

Altrimenti quella sera sarei andato al Metro Club.

8
GINGER

"P orta qui il culo, Ginger!" urlò Fiona facendo spuntare la testa dal tettuccio della limousine.

"Sì, sì, arrivo." Infilai l'ultimo vassoio di cupcake nel bagagliaio, lo chiusi e scappai a chiudere anche la porta sul retro della pasticceria. Il sole stava ormai tramontando, e il negozio era già chiuso probabilmente da un paio d'ore. Coco e Madeleine dovevano essere andate a casa. Quel giorno avevo saltato il lavoro, e mi erano mancate le mie sorelle. Mi avrebbe aiutato parlare con loro di Kingston e di quello che era successo la notte prima. Del perché avevo avuto un peso sul petto per tutto il giorno.

Ma avevo scritto loro che non sarei andata al lavoro e avevo passato la giornata con Fiona e le sue amiche in hotel, pensando che cambiare scenario mi avrebbe schiarito un po' le idee.

Invece no. Anzi, la sera avevo le idee ancora più confuse di quanto le avessi avute in tutta la giornata. Stupido cervello. Stupido cuore. Stupida me, a lasciare che il secondo della lista prendesse il controllo sul primo.

"Muoviti, umana. Ci sono uomini che aspettano solo noi."

Stupida idea, pensare che un addio al nubilato fosse ciò di cui avevo bisogno, dopo aver fatto il miglior sesso della mia vita e aver praticamente abbandonato il tipo con cui l'avevo fatto. Il signore doveva darmi la forza di non picchiare nessuno, quella sera.

"Fatto," dissi mentre scivolavo di nuovo sul sedile posteriore, incollandomi un sorriso in faccia per nascondere il mio pessimo umore. "Cupcake alcolici: acquisiti."

"Quindi quali erano quelli che hai fatto in hotel?" chiese Fiona, dando un colpetto al finestrino per dire all'autista che eravamo pronte a ripartire. "Pensavo fossero quelli, i cupcake alcolici?"

Se avessi potuto, sarei arrossita. Non perché avevo passato gran parte della giornata in paranoia, nascosta nella cucina dell'hotel, nel seminterrato, a impastare. E a pensare. E praticamente a nascondermi dalla mia vita. No, non fu quello a farmi quasi salire il rossore alle guance, ma *tutto ciò* che avevo preparato. E il perché.

"Niente alcol, solo aromi. Cannella, per lo più. Impasto con cannella e zenzero, ripieno di purè di mele, e glassa di crema al burro al caramello."

Fiona mi fissò per dieci secondi buoni prima di uscirsene con un'imprecazione. "Sembrano fantastici."

Già. Proprio così. E probabilmente non avrei mai più potuto gustarmi quel sapore piccante, senza che mi si aprisse nello stomaco un pozzo senza fondo di disperazione. Grazie, Kingston.

Alzai le spalle, non volendo ammettere la mia ridicola ossessione per la cannella, che alla fine aveva scacciato ogni mia distrazione e mi aveva dato qualcosa di nuovo e allettante da aggiungere al menù della pasticceria. O forse non volevo ammettere la mia ossessione per l'uomo che mi aveva ispirata. "I cupcake sono buoni, ma l'alcol è anche meglio. Ora andiamocene al club."

"Perfetto," disse Cleo, una delle amiche di Fiona, praticamente facendo le fusa. La ragazza aveva perfezionato benissimo quell'aria da pantera sexy. Oddio, da quanto ne sapevo poteva anche essere una tigre mutaforma. "Non vedo l'ora di scendere in pista."

Fiona e le altre ragazze – tutte e sei – erano chiaramente d'accordo, e iniziarono a discutere di quali canzoni mettere e di come non vedevano l'ora di muovere un po' il sedere. Io? Rimasi in un angolo con la mia aria da sfigata. Se non avessi promesso a Fiona che l'avrei accompagnata alla festa – e se non l'avessi usata come scusa per non affrontare i miei sentimenti per Kingston l'intera giornata – me ne sarei semplicemente tornata a casa. Non volevo né bere né ballare, volevo solo piangermi addosso.

Avevo passato la giornata con quelle ragazze, a farmi fare i capelli e il trucco e a bere un mimosa dopo l'altro finché la lingua non mi friggeva da tutta quell'acidità. Gli unici momenti che avevo riservato per me erano stati quelli passati nella cucina del seminterrato, dove non avevo fatto altro che infornare cupcake per cercare di catturare il perfetto profilo aromatico, per distrarmi da tutti i pensieri e le emozioni che mi impazzivano dentro. Tutte le qualità di Kingston cui non potevo rinunciare. La sua dolcezza, la sua schiettezza, il modo in cui mi faceva sua, il fatto che non allungasse le mani senza il mio permesso. Il suo sapore di dolci alla cannella, che quando ero con lui mi pervadeva completamente. Quelle cose, le amavo tutte.

Ma l'amore non faceva per me. Non si trattava di cosa volessi io, o di cosa avessi bisogno. Soprattutto con un drago mutaforma. I draghi non erano fedeli a nessuno. Era quello che avevo sempre sentito dire. Erano gli unici mutaforma che non prendevano compagni a vita, ma ne cambiavano diversi. Niente di tutto ciò avrebbe dovuto importarmi. Io stessa non facevo mai durare le mie relazioni più di una notte. Forse due, se c'era chimica tra di noi. Ero più una ragazza da 'toccata e fuga' che da relazioni a lungo termine.

Ma Kingston mi ispirava il lungo termine, cosa che però era fuori discussione, visto che non andava bene a lui.

Insomma, la solita storia del karma che alla fine tornava per dare sonori calci nel sedere. Il seduttore che veniva sedotto. Ben fatto, destino. Ben fatto.

Sentendomi incredibilmente persa e scombussolata, tirai fuori il telefono e mandai un messaggio all'unica persona che immaginavo avrebbe capito.

Io: Come sta il lupo?

Coco: *Sudato.*

Io: Sicura che lo voglio sapere?

Coco: *Sì, ma non te lo dico.*

Che problema c'è?

Io: Perché dev'esserci un problema?

Coco: *Perché mi stai scrivendo. E hai dimenticato di consegnare la torta dello sposo. Grazie, eh.*

Io: Sì, scusa. Problemi di uomini.

Coco: *Uomini o draghi?*

Come diavolo faceva mia sorella a saperlo?

. . .

Coco: Misty ha fatto la spia, nel caso te lo stessi chiedendo.

Ed era pure una sensitiva. Splendido.

Io: Voi due cospirate contro di me?

Coco: Certo. Stai bene?

Io: Sì. Sono fuori stasera, ma mi sento un po' così così.

Coco: Chiama il tuo drago.

Io: Non succederà.

Coco: Misty dice che è il tuo compagno.

Io: I draghi non hanno compagni predestinati.

Coco: Magari non è così. Pensavamo anche che gli orsi mutaforma restassero in letargo tutto l'inverno.

Io: Lo zio Jericho in inverno dorme tipo venti ore al giorno.

Coco: Vero, ma non è come il letargo. Il suo è più... un disturbo affettivo stagionale o roba del genere.

Io: Non so se c'è tanta differenza.

Coco: Bene. Esempio sbagliato. Perché non scopri cosa vuole il tuo drago prima di liquidarlo? Chiediglielo.

Magari.

. . .

Io: Piuttosto mi masturbo fino alla felicità, grazie tante.

Coco: Realistica.

Io: Sì.

Coco: Bene. Non fare niente. Sai quanto m'importa.

Le importava. Altrimenti non lo avrebbe scritto.

Io: Ti voglio bene, sorellina. Mi dispiace davvero di aver dimenticato la torta. È andato tutto bene?

Coco: Alla fine sì. La consegna della torta? Mica tanto.

Io: Scusa. Sono stata travolta dalle cose... letteralmente.

Coco: Sembra divertente. Devi raccontarmi tutto.

Io: Cena questa settimana? Tutte e tre. È già da un po'.

Coco: Ci sto. Organizzo con Maddie.

Sempre la sorella responsabile.

Io: Va bene. Arrivate al club, devo andare.

Coco: Stammi bene.

Io: Pensa al tuo lupo.

Coco: Lo farei se la smettessi di interromperci.

Io: Stronzetta.

Coco: Rompipalle.

Ora smettila di scrivermi. Essere nuda costa fatica.

Io: Grazie per la visuale. Io ballerò fino a dimenticare ogni frustrazione. Vestita.

Coco: E dov'è il divertimento?

"Pronta?"

Alzai gli occhi dal telefono, incontrando lo sguardo preoccupato di Fiona. Mmh, così non andava. La sposa non avrebbe dovuto preoccuparsi per me o per la mia vita amorosa inesistente. Era ora di incollarmi un sorriso in faccia, fare la persona adulta e andare a scuotere il sedere in pista. Anche se mi faceva male il cuore come se me l'avessero fatto a brandelli. Si chiamava 'sacrificarsi per la squadra'. Dove 'la squadra' era una lupa mutaforma sexy e popolare, con un nuovo compagno che non la meritava per niente.

"Certo che sì," dissi, cercando di mantenere il sorriso brillante e l'umore alle stelle con tutta la leggerezza che riuscii a spremermi fuori. "Andiamo a festeggiare la tua ultima notte da single."

"Quel treno è passato, amica mia. Ero già spacciata non appena il destino ci ha fatti incontrare."

E… sorriso, sparito. Per fortuna Fiona non se ne accorse. Entrò nel locale con Cleo e qualcun'altra, lasciando me e un paio di ragazze a occuparci dei cupcake. Non provai neanche a tirarmi su. Destino e compagni e mutaforma… mio dio. La paranormalità che mi circondava mi aveva capovolto il mondo, e la cosa non mi piaceva.

"Andiamo, signore," dissi, rifiutandomi di rovinare il divertimento delle altre con il mio umore schifoso. "Portiamo dentro questi vassoi. Il primo giro di cupcake al margarita lo offro io."

9
GINGER

L a peggiore idea di sempre, nella storia mondiale?

Uscire con un gruppo di mutaforma ubriache, pensando che fosse la soluzione ai miei dispiaceri.

La Ginger del passato era un'idiota di proporzioni epiche.

"Bevi, Ginger. Devi scioglierti un po'."

Se non fosse stata Fiona a sposarsi la mattina dopo, l'avrei presa a schiaffi. Invece le feci un sorriso goffo. "Ho mangiato tipo sei cupcake. Sono già abbastanza allegra."

Non lo ero affatto, ma non glielo avrei mai detto. A volte era più facile – e più educato – mentire. Insomma, nessuno voleva sentirsi dire che la festa in proprio onore aveva fatto venire all'ospite una voglia irrefrenabile di cavarsi gli occhi con un lurido forchiaio. Ero schietta... non stronza. Il più delle volte.

Perciò Fiona era andata in pista con le altre ragazze. Una buona cosa, perché era probabile che il mio umore si sarebbe presto diffuso in quel locale come una malattia. Meglio lasciarmi nel mio rancore, da sola. Purtroppo, però, una ragazza seduta in un club tutta sola era l'oggetto di più attenzioni di quante ne avrei volute, e mi lasciava vulnerabile agli attacchi degli avventori meno femminili e molto meno desiderati.

"Stai meglio stasera?" Un tizio mi si sedette accanto, uno che mi pareva leggermente familiare. Uno con un sorrisetto un po' arrogante, che sembrava ricordarmi qualcosa. Qualcosa che però non riuscivo bene a definire.

"Ci conosciamo?"

"Non posso crederci, non ti ricordi di me!" Al che, il tizio rise come uno di quegli idioti in TV: testa gettata all'indietro, mano sul petto, del tutto esagerato e fin troppo rumoroso. Per niente inquietante.

Assolutamente inquietante. "Immagino di no. Forse dovrei…"

Poi l'uomo mi appoggiò una mano sulla coscia, il che mi impedì di alzarmi. E di parlare. E di pensare. Chi era *questo tizio*?

"Ci siamo incontrati l'altra sera. Sono Luca."

Forse sbattei gli occhi, ma fu davvero tutto quello che riuscii a fare. Luca? Non mi veniva in mente niente. Per di più, la sua mano doveva sparire da dove l'aveva messa.

Immediatamente. Me la scrollai via dalla gamba e indietreggiai, maledicendomi per essermi seduta in un angolo e quindi intrappolata da sola.

Lui intanto doveva aver capito che non sapevo nulla della sua esistenza. "Al bar. Stavamo parlando, ma poi hai detto che c'era troppo caldo e sei corsa in bagno."

Merda. Luca... Tizio-Con-La-L, gorilla mutaforma, aveva lavorato per Jericho. Pensava che avere una pasticceria fosse 'suggestivo'.

Ero ancora incavolata, per quello.

"Già. Scusa. C'è troppo buio qui." *E tu sei un tipo completamente insignificante.*

"Vero. Ecco, ora sai chi sono. Speravo di incontrarti di nuovo." Il tizio mi si avvicinò, guardandomi in un modo che, beh... Come quella sensazione, quel formicolio sulla nuca che diceva alla preda di darsela a gambe da qualcosa di spaventoso? Già. Quella sensazione. Mi guardava con molto più interesse di quanto ne volessi io.

Era l'ora di svignarsela. "Bene, Lu..." Lucas? Luke? Ludacris? Cacchio, quel nome non mi veniva proprio. Tossii per coprire il mio farfugliare. "Scusa. Devono essere tutte le mie allergie. Insomma è stato bello rivederti, ma penso che mi unirò alle mie amiche in pista."

"Vengo con te."

Perciò... era un tipo che non riusciva a capire i segnali. Scioccante. Ma non volevo fare una scenata, e poi avevo dalla mia una schiera di ragazze mutaforma. Così tenni la bocca chiusa e mi feci strada tra la folla. Luca mi seguì... un po' troppo da vicino per sentirmi a mio agio, a essere onesti.

"Oh, Ginger se n'è trovato uno vivace," disse Cora, orsa mutaforma. Cercai di scuotere la testa, di darle un'occhiata alla 'fai sparire questo tizio', ma la ragazza era troppo presa dal suo vassoio di cupcake per decifrare la mia segnaletica. Chiaramente.

"Ma quanto siete belli insieme?" disse Fiona, spingendomi letteralmente verso Luca. "Dovete assolutamente ballare."

"Sì, ma non credo che..."

"Ha ragione." Il gorillone mi afferrò per i fianchi e mi tirò a sé, mentre le ragazze ridacchiavano e sghignazzavano e in pratica erano ubriache e contente di averci messi insieme. Io barcollai da una parte e dall'altra, cercando come potevo di darmi un contegno – e pianificare la mia fuga – mentre Luca mi sbatteva contro. Sul serio, come si faceva a pensare che strusciarsi contro il sedere di qualcuna fosse sexy? Da quando in qua? Non mi serviva la quasi-erezione di uno sconosciuto premuta addosso. Chissà contro cos'altro era stata premuta nel frattempo. E poi... avevo ancora il pensiero fisso di un certo drago mutaforma, che con quel gorilla ci avrebbe potuto giusto pulire il pavimento. Era sua, l'erezione che mi interessava. Non che l'avrei mai più neanche vista. Niente erezione per me. E niente drago mutaforma. Kingston – nome assolutamente indimenticabile – avrebbe probabilmente lasciato presto la città, portando con sé un pezzo del mio cuore.

Sarei rimasta tutta la notte a cantare quella vecchia canzone di Janis Joplin. Quella che diceva appunto 'take another little piece of my heart'. Quella di cui sapevo solo una quindicina di parole. Ottimo.

Cercando di tornare a concentrarmi sulla situazione, continuai a ballare e mi allontanai da Tizio-Con-La-L e dalla sua quasi-erezione verso una zona più libera della pista. A braccia alzate ma occhi aperti, guardando Fiona e Cora e il resto delle ragazze ridere e ballare, mi abbandonai alla musica. Mi persi nei movimenti, mentre il volume andava al massimo e il basso pompava in tutto il locale. L'ambiente era rumoroso, caldo, un po' selvaggio… e per niente quello di cui avevo bisogno in quel momento. Ma ci provai comunque. Almeno finché non notai che le ragazze si erano allontanate da me più di quanto avrei voluto. Non bisognava mai lasciare il branco, e via dicendo. Feci per andare verso di loro, ma Luca mi afferrò un braccio e mi tirò indietro, contro di lui.

"Dove vai, Ging?"

Con due G dolci, ovviamente. Come se 'er' fosse troppo lungo da dire. Che problemi avevano gli uomini con il mio nome, negli ultimi tempi? E perché 'Ging' mi disturbava molto più di 'Fiamma'?

Avevo davvero bisogno di andare a casa. "È stato bello, ma voglio andare dalle mie amiche."

"Che bisogno c'è? Ci sono io qui." E fu allora, proprio allora, che lui mi agguantò. Non come Kingston la sera prima, non guidandomi gentilmente dove voleva che andassi. No. Il gorillone mi afferrò forte il braccio, facendomi trasalire, e mi tirò contro di lui. Mi tirò, trascinò, strattonò, spintonò; andava bene qualunque verbo descrivesse l'immagine di un uomo enorme che spingeva contro il proprio petto una ragazza non così enorme. E io ne avevo appena avuto abbastanza.

"Non è così che funziona." Cercai di liberarmi dalla sua presa da gorilla, ma lui si limitò a maneggiarmi con più forza, continuando a strofinarsi contro di me. Ancora e ancora. Non era proprio il mio genere di cosa. Di solito mi piaceva ballare con i bei ragazzi; di solito guardare una coppia saltarsi praticamente addosso sulla pista era uno spasso; di solito mi calavo nell'atmosfera sensuale del posto e mi lasciavo andare.

Quella però non era una delle mie solite serate.

E quel tizio non giocava secondo le mie regole.

"Ehi," dissi, cercando ancora una volta di scansarmi da quelle mani appiccicose. "Credo che dovrei andare."

"Cosa? La notte è appena iniziata."

Gesù, l'uomo avrebbe dovuto essere una piovra mutaforma invece che un gorilla. Chi l'avrebbe mai detto che alle grandi scimmie piacesse così tanto allungare le mani?

"Sì, ma è stata una lunga giornata, e non me la sento."

Il suo viso si insprì, e lui strinse le labbra. "Non mi lasci da solo un'altra volta."

"Scusami?" Misi nel mio tono di voce tutto il sarcasmo e l'incredulità che riuscii a trovare. E tutta l'urgenza andò su 'scusa' di 'scusami', cui dava man forte il 'non ti azzardare a dirmi cosa fare' sottinteso in quell'unica parola. Non cercavo di fare l'educata con quella domanda, in caso non fosse chiaro. "Non ho intenzione di ballare con te, quindi me ne vado."

Feci tre passi – tre brevi, cortissimi passi – prima che una mano enorme mi atterrasse sulla spalla e mi facesse girare. E non in modo garbato.

Per niente.

10
KINGSTON

Il Metro Lounge rimaneva in periferia, in quella che probabilmente era stata la zona industriale della città. Beh, per quanto potesse essere industriale una cittadina come Kinship Cove. E la strada era buia e deserta – il club si trovava all'interno di un grande edificio stile magazzino – anche se la musica era così forte che si sentiva a tre isolati di distanza.

Avevo l'impressione che quel posto non mi sarebbe piaciuto.

Ma se Ginger era lì dentro, dovevo andare. Dovevo trovarla, per assicurarmi che stesse bene. Per sculacciarla su quel culetto sodo, perché se ne era andata di nascosto. Mai più. Avrei rinunciato volentieri a tutte le notti di sonno per il resto della mia vita, solo per poterla tenere con me. Valeva la pena passare le notti in bianco per stare sempre in guardia a proteggerla.

Non che poi non l'avrei sculacciata. E di sicuro le sarebbe piaciuto.

Il club era poco illuminato, la musica assordante e gli animi esaltati come mi ero aspettato. Umani e mutaforma si affollavano in ogni angolo disponibile, parlavano forte, bevevano troppo e in pratica erano sempre in mezzo ai piedi. Ma al di sopra di tutto, dell'alcol e dei profumi e del sesso – perché, destino mio, quel posto puzzava di sesso – colsi proprio l'odore che stavo cercando. Cannella.

Ginger. Liberai il mio drago quanto bastava per fiutare la mia compagna, spingendo via la gente senza neanche scusarmi, nella fretta di rintracciare la mia ragazza. Potevano tutti benissimo prendersela perché li avevo spintonati. Non me ne fregava niente dei loro sentimenti feriti. Tutto quello che mi importava, tutto ciò di cui avevo bisogno, in quel momento, era la mia compagna.

Che alla fine intravidi sulla pista.

Con il tizio del bar dell'altra sera.

E lei lo stava baciando.

Il mio drago mi ruggì nella testa e lo stomaco mi si riempì di piombo fuso. O almeno, la sensazione era quella. La mia compagna aveva le labbra su quelle di un altro uomo. Con le mani gli stringeva le braccia e lo tirava a sé con forza. E anche...

Un attimo.

Lasciai ancora più spazio al mio drago, un po' più di controllo perché usasse i suoi sensi animali. C'era qualcosa di strano nell'immagine che avevo davanti agli occhi. Anche di più strano di Ginger tra le braccia di un altro uomo. Lei non lo stava tirando a sé, lo stava spingendo via. E di sicuro non stava ricambiando il bacio di lui.

Un soffio di cannella mi passò accanto un'altra volta, e il mio drago lo separò con facilità da tutti gli altri odori. Ma aveva una sfumatura piuttosto acre. Una nota in più, che mi diceva esattamente lo stato d'animo di Ginger.

Spaventata. Quell'odore significava paura. La mia compagna aveva *paura*.

Perciò corsi sulla pista con un ruggito che fece scappare via gli altri mutaforma, incapace di tenere a bada la mia bestia interiore e sapendo che di lì a poco avrei avuto squame su tutto il corpo e che i miei occhi sarebbero diventati quelli del mio drago. Non mi importava minimamente di spaventare la gente in pista. Volevo terrorizzare soltanto l'uomo che aveva osato mettere le mani dove non avrebbe dovuto. Dove non erano volute. Dove non aveva il permesso di toccare.

Ginger alla fine riuscì ad allontanarsi dal tizio proprio mentre li raggiungevo. L'occhiataccia che la mia donna gli lanciò era già abbastanza da farsela addosso. Carina, ma non bastava. Un uomo come quello non recepiva le occhiate. Andava bene così; gliel'avrei fatta capire io in un altro modo.

Schivando Ginger, afferrai una spalla del tizio. Con uno strattone lo feci girare verso di me, poi gli diedi una bella spinta. Forte. Forse un po' troppo forte.

Negli anni '50 avevo iniziato ad appassionarmi a uno sport chiamato 'bowling': il lancio, lungo una corsia, di una palla contro dieci birilli, tutti allineati e pronti a cadere. Beh, l'uomo – un gorilla mutaforma, dall'odore – non era davvero una palla, e tutte le persone che ballavano sulla traiettoria del mio lancio non erano birilli, ma come immagine andava benissimo. Una partita a bowling con bersagli umani. Stranamente soddisfacente.

"Ma che cazzo?" disse l'uomo-gorilla mentre cercava di rimettersi in piedi. A sei metri di distanza da dov'era prima. Se mi fossi trasformato completamente in drago, avrei dimenato la coda dalla soddisfazione. Non male come lancio, considerando che non giocavo a bowling da decenni. Forse era vero che certe cose non si dimenticavano mai.

Come il fatto che quello stronzo aveva palpeggiato tutta la *mia* ragazza. "Non ti ha chiesto di baciarla, giusto?"

Lo shock sul viso del gorilla mi disse abbastanza, anche se poi lui aprì la bocca per dare fiato alla sua stupidità. "Mi stuzzicava. Lo voleva, cazzo, ma faceva finta di non volerlo."

"Oh, no," disse Ginger, mettendosi accanto a me. "Non facevo finta un bel niente. Non lo volevo e basta."

Il ragazzo-gorilla fece il broncio. O meglio, ci guardò infuriato. "Ma che cazzo!"

"Ah sì? Vuoi vedere quello di un vero drago?" dissi io, assicurandomi di far uscire le parole in un ringhio. "E se vuoi tenerti attaccate tutte le appendici – specialmente quelle di cui sarai così orgoglioso – faresti meglio a tenere via le mani dalla mia compagna."

L'altro spalancò gli occhi e impallidì. Sì, a volte ricordare alla gente che ero un'antica bestia nata per cacciare e uccidere poteva essere davvero divertente. Per me.

"Ah, beh..."

Alzai un sopracciglio e incrociai le braccia al petto, in attesa. Sperando che dicesse qualcosa di ignorante come poco prima, così che potessi colpirlo di nuovo. E non a parole. Era stata una giornata stressante, scaricare un po' di tensione mi avrebbe fatto bene.

Per sua fortuna, il tizio-gorilla se la diede a gambe invece di contrattaccare. Avrei dovuto immaginarlo. Sbuffai, guardandolo che se ne andava e combattendo contro l'impulso a inseguirlo. A farlo a pezzi a mani nude. A sputargli palle di fuoco. Fare il gentiluomo e cercare di migliorare la reputazione internazionale dei draghi mutaforma a volte era una vera rottura.

"Compagna?"

A proposito di rotture... Mi voltai lentamente, incontrando lo sguardo sorpreso di Ginger. Incapace di parlare per lunghi secondi, perso nei suoi occhi castani. Oh destino, era bellissima.

"Sì. Compagna, nel senso di 'mia'. Ora, ti dispiace dirmi perché sei scomparsa ieri notte, ragazzina?"

"Non sono scomparsa, me ne sono andata."

"Stessa cosa."

"Due cose completamente diverse."

La mia compagna era una stronzetta. "Giuro sul destino, ragazzina…"

"Smettila di chiamarmi ragazzina."

"Smettila di comportarti come tale."

Fu il mio turno di vedermi rifilare l'occhiataccia che prima era stata puntata contro l'uomo-gorilla, ma io non rallentai neppure. Neanche alla vista di un gruppo di donne che mi venivano incontro. Probabilmente alcune amiche di Ginger che venivano in suo soccorso. Peccato però che non si fossero accorte del tizio che la importunava in pista. Ma ormai non importava, ci avevo pensato io. L'avevo protetta come avrebbe fatto un vero compagno. E ne avevo abbastanza del rumore e della puzza di quel posto.

"Dobbiamo fare due chiacchiere," le dissi, sforzandomi di tenere a bada il mio drago.

Ginger, d'altra parte, sembrava intenta a fargli perdere le staffe. "Vuoi parlare? Bene. Forza."

Nel senso di: proprio lì, nella mischia, con le sue amiche a guardarci. Anche no. "Preferirei un po' di privacy."

"E io preferirei non essere seccata."

"Allora non venire in un club senza qualcuno a tenerti d'occhio."

"So badare a me stessa."

"Ma io lo faccio meglio."

"Sei una merda."

"No, sono un drago mutaforma che ha trovato la sua ragione di vita. Ora, sei disposta a venire a parlare con me in un luogo diverso da questo covo di iniquità o no, compagna?"

La parola *compagna* sembrò attirare l'attenzione di Ginger. La donna spalancò gli occhi e trasalì dalla sorpresa. Poi incrociò le braccia come per tenersi salda. "Bene. Come vuoi."

"Sei fortunata che non ti prendo in parola."

"Cioè non parliamo più?"

"Oh, certo che sì. Mi riferivo al 'come vuoi'. Perché in questo momento, voglio sculacciarti per bene finché non torni in te. Ma mi accontenterò di questo."

La sollevai prendendola per i fianchi e mi precipitai alla porta, lasciandomi dietro urla e grida di persone che non avevano idea di cosa stesse succedendo. Ero sicuro che le amiche della mia compagna fossero preoccupate per lei, ma non mi importava più. Loro non l'avevano protetta, ma io lo avrei fatto.

Non che Ginger mi avrebbe reso le cose più facili, quello mai. "Mettimi giù."

"No."

"Non puoi darmi ordini e… prendermi così."

Le diedi una sonora sculacciata, solo per dimostrarglielo. "Tecnicamente, sì. Hai detto 'come vuoi'. Fa parte dell'essere compagni. Io ti comando a bacchetta e tu comandi *me*. Specialmente in camera da letto. Quindi, stavolta ti prenderò in parola."

"Camera da letto? Ti piacerebbe." La donna grugnì mentre me la caricavo su una spalla. "Sei una merda, e non mi porterai a letto un'altra volta."

Con la sua testa all'altezza del mio sedere e i suoi piedi che mi penzolavano da una spalla, non me la sentii di discutere. In quel momento ero io ad avere il controllo su di lei. Così la tenni ferma mentre mi trasformavo, in un vicolo lì vicino, poi presi il volo. Attraversai il cielo e tornai sulla scena del crimine. Sulle montagne. Sulla nostra scogliera.

In un posto tranquillo dove poter stare solo con la mia compagna e cercare di convincerla che ero degno di lei.

E magari sculacciarla un altro po'.

11

GINGER

Sono una donna forte e indipendente con la testa sulle spalle e i piedi per terra. Sono una donna forte...

Il mantra continuava a ronzarmi in testa da quando un uomo – uno che mi faceva impazzire – mi aveva letteralmente... tolto la terra da sotto i piedi. Però Kinship Cove non era male dall'alto, di notte. Le luci del centro città risaltavano nette sul manto nero sotto di noi, e le case in direzione delle montagne erano bagliori soffusi. Kingston volava sopra le cime degli alberi, dandomi una vista meravigliosa della baia e delle montagne che circondavano la nostra cittadina. Splendido, romantico, e – se solo non fossi stata rapita da qualcuno con le squame – un appuntamento da favola.

Ma Kingston si era trasformato in un drago. E mi aveva strappata via dalle mie amiche. Due cose che non equivalevano a 'da favola', e in un certo senso negavano il mio mantra: una donna forte, indipendente… ma in balìa di una bestia leggendaria. Piuttosto come una principessa delle fiabe. Ma senza peli sulla lingua.

"Sei una vera merda, lo sai?"

Non ero sicura che un drago potesse ridere, ma se poteva farlo, allora Kingston stava ridendo. Di me. 'Merda' era una parola troppo gentile per lui. Comunque, mi tenni forte alle sue braccia e rimasi nella sua presa artigliata, guardando passare la città sotto di me. Dentro, però? Ero un fascio di nervi. Non avevo mai avuto il mal d'auto in passato, ma da come mi si stava agitando lo stomaco la sensazione doveva essere quella. Nauseata. Scombussolata. Vomitevole. Sul punto di dare di stomaco. Tutti i termini andavano bene. Ma non era colpa del volo. In effetti, mi sentivo molto al sicuro nella presa di Kingston.

La cosa di cui non ero sicura era la mia capacità di resistergli. Mi aveva chiamata 'compagna'. *Compagna.* Anche se i draghi non avevano compagni predestinati come gli altri mutaforma. O almeno così avevo pensato. La possibilità che mi fossi sempre sbagliata – che tra di noi ci potesse essere qualcosa di più di un'unica notte – non alleviava la mia sensazione di dover rimettere il pranzo. O la cena. O quel che era.

Alla fine, Kingston scese in un ampio punto panoramico sul fianco della montagna. Una scogliera che conoscevo bene. Una dalla quale ero dovuta scendere proprio quella mattina. Ero abbastanza sicura di avere ancora qualche sassolino piantato nel sedere per via delle attività della sera prima. Bei ricordi.

Da non ripetere, però. No. Proprio no.

Per il momento.

"Non pensare di lasciarmi qui," dissi, lanciando alla grande bestia spaventosa la mia occhiataccia più cattiva. La più cattiva in assoluto: l'avevo provata e riprovata quasi quanto il mio sorriso smagliante preferito. "Tu mi hai portata qui, tu mi riporti a casa. Il sentiero è un po' insidioso, e questi tacchi di sicuro non sono adatti alle escursioni."

A spillo. Da dieci centimetri. Dorati. Con sopra tutti i cinturini possibili. Erano i miei preferiti. Non li avrei mai rovinati.

Kingston tornò alla sua forma umana; una cosa che non avevo mai visto fare a nessun mutaforma, così da vicino. Lo osservai mentre passava da un'enorme bestia nera a un turbinio di fumo e squame e pelle e stoffa. Secondi. Si trasformò del tutto in pochi secondi. Io non riuscivo neanche a cambiarmi le scarpe così in fretta.

Dall'alto della sua forma umana, l'uomo mi lanciò a sua volta un'occhiataccia che mi spedì un brivido lungo la schiena.

"Quei tacchi sono fatti per piantarsi nel mio sedere mentre ti do una bella ripassata, ma ci arriveremo poi."

Oddio, lo speravo. Più o meno. "Neanche per sogno."

Il suo sorrisetto non mi rassicurò affatto. "Vedremo, Fiamma."

"Quindi siamo tornati ai soprannomi?"

"Preferisci che ti chiami ragazzina?"

"Mai."

"E invece *compagna*?"

Santo cielo. Quella parola non mi mandò un brivido glaciale su per la schiena, ma una vampata di calore nel profondo dello stomaco. E anche più in basso. Fino in mezzo alle gambe.

Ma non gli avrei permesso di sedurmi con una parola. "Pensavo che i draghi non prendessero compagni a vita."

"Esatto."

Io... cosa? "Ma hai detto che sono la tua compagna."

"So quello che ho detto, e lo sei."

"Sono un po' confusa."

"Noi draghi non *prendiamo* di forza una compagna, ma... le chiediamo se vuole diventarlo," disse lui, con un brontolio quasi imbarazzato nella voce.

"Glielo... chiedete?"

"Sì."

"Avrò bisogno di una spiegazione."

Kingston sospirò; un sospiro forte, lungo e frustrato. "Noi non siamo come gli altri mutaforma."

"Giuro su dio, se mi rifili la storia del 'e tu non sei come le altre ragazze', ti taglio in due."

"Non c'è niente che possa tagliare le mie squame."

"Niente?"

"Niente."

"Beh, non mi aiuta."

"Forse non te. Io invece sono abbastanza contento." Scrollò le spalle. "Diciamo che mi piace non essere ucciso."

"Lo posso capire."

"Posso continuare ora?"

Allora mi sedetti su una roccia e agitai una mano in aria. "Certo. Perché mai non dovresti?"

Da quanto mi sembrò di vedere, Kingston alzò gli occhi al cielo. Non potevo biasimarlo.

"I draghi non sono come gli altri mutaforma..." Alzò subito un dito quando mi vide aprire la bocca per parlare. "... Perché i nostri non sono accoppiamenti da 'amore a prima vista'. Noi draghi ci prendiamo il nostro tempo per scegliere l'anima gemella, e quando lo facciamo, ci diamo da fare per dimostrare d'essere compatibili. Non c'è niente di forzato o di inevitabile in tutto questo."

"Quindi... niente stranezze del tipo 'mio-mio-mio'?"

"Oh, no. Tu sei mia, Fiamma. Ma qui il destino non ti toglie il libero arbitrio; hai sempre una scelta. Se mi dimostro un buon compagno per te, possiamo stare insieme. Se non ci riesco..." Scrollò le spalle. "Beh, succede."

Nessuna perdita di libero arbitrio. Nessuna unione forzata. Nessuna prigione a vita con un coglionazzo come Nico. Non suonava così male. Faceva anche luce su alcune cose. "Ecco perché non volevi baciarmi."

"Devi fare tu la prima mossa."

Mmh. "Quindi quando ho detto 'come vuoi'..."

"Il mio drago era assurdamente felice." Kingston sorrise, con il fuoco che gli bruciava negli occhi. "Ma l'ho frenato."

"Perché?"

"Perché non lo intendevi in quel senso, e io non uso trucchetti per farti stare con me."

"No?"

"No. Ma combatterò per te. Dimostrerò di essere un buon compagno."

"E se non volessi un compagno?"

Lui sbatté gli occhi. In silenzio. Immobile. "Non ti costringerei mai."

Vero, non lo avrebbe fatto. Lo sapevo come sapevo il mio nome... che non era Fiamma. Ma a volte bisognava fare delle eccezioni. E io? Io ero eccezionale in tante cose.

Mi alzai, con un'espressione pensierosa. Mi avvicinai a lui, lentamente. Feci fisicamente la prima mossa. "E se ti accetto?"

"Allora passerò il resto dei miei giorni assicurandomi che tu sia la donna più felice di tutta Kinship Cove."

"Sì?"

"Sì." Anche lui mi si avvicinò furtivo, senza mai staccare gli occhi dai miei. Imprigionandomi con uno sguardo. Uno carico di ardore e di necessità, di libidine e di desiderio. Di tutto. "Sono tuo, Ginger. Lo sarò sempre, anche se non per questo tu dovrai essere mia. Ma se sceglierai di esserlo, io lavorerò sodo per farti sempre avere quello splendido sorriso sul viso." Mi scostò i capelli dal viso, così vicino che sentivo il suo profumo. Bello da morire. "Farò in modo che nessuno ti sfiori mai senza il tuo permesso, me compreso. Sarà sempre una tua decisione."

Quelle parole mi scaldarono come nient'altro al mondo. Era una mia decisione. Né del destino, né di Kingston, né di nessun altro. Solo mia. Avrei potuto passare più di una notte con lui, e giorni e settimane e mesi e... di più. Molto di più. Non eravamo obbligati a dirci 'per sempre', non c'era bisogno di fare promesse che durassero millenni. Potevamo semplicemente essere l'uno dell'altra, prenderci cura di noi e stare insieme. Dovevo solo scegliere.

E nel mio cuore, avevo già deciso.

"Allora posso chiamarti papi?"

Il ringhio di Kingston spezzò la quiete della sera. "Puoi chiamarmi come vuoi, ma per prima cosa devi dirmi che sono tuo."

"Tuo?"

"Mio," ringhiò lui, con tutto il corpo teso da quella che potevo solo immaginare fosse anticipazione. "Ho bisogno che me lo dici, Fiamma."

Sì, insomma... sui soprannomi ci potevamo lavorare su. Più tardi.

Con un sorriso sfacciato gli afferrai le braccia, incapace di tenere a freno le mani, sussurrandogli: "Mio."

Senza alcun movimento visibile a occhio nudo, Kingston mi stese per terra. Un secondo prima, ero in piedi; quello dopo, ero sdraiata sulla schiena con lui sopra di me. Il suo ringhio stava diventando sempre più lungo e più intenso, un continuo brontolio che mi vibrava contro il petto mentre lui mi spogliava freneticamente. Io mi sentivo impazzire allo stesso modo, gli tiravo e strattonavo i vestiti finché non venivano via. Finché non fummo nudi e sdraiati insieme sotto il cielo stellato, sulla cima di una scogliera. Una che, potevo garantirlo, non avrei lasciato senza di lui.

"Non voglio tornare a casa a piedi stasera."

"Non ho intenzione di lasciartelo fare." Si spinse appena contro di me, scivolandomi dentro solo con la punta della sua erezione. Fissandomi con uno sguardo di totale concentrazione. "Dillo."

"Dire cosa?"

"Dimmi che sei mia e che io sono tuo. Dammi il permesso, Fiamma."

Oh, ancora con quel nome. Quasi non si meritava che gli rispondessi subito. Quasi. Ma sarei morta, se avessi dovuto aspettare anche un solo momento in più perché mi penetrasse.

Morte per mancanza di sesso.

Forse esisteva.

"Sei mio," dissi allora, a voce alta. Per assicurarmi che mi sentissero sia lui che il destino. Non si sapeva mai. "E io sono tua. Quindi fammi tua, papi. È l'ora di diventare veri compagni."

"È sempre l'ora per quello." Kingston si spinse dentro di me, dilatandomi poco alla volta. Riempiendomi quasi troppo. Giusto al limite del dolore. Così buono, lui. Così forte e grande.

E mio.

Mentre il mio compagno mi prendeva, su quella scogliera a cielo aperto, mentre mi mordeva il collo e mi sussurrava volgarità all'orecchio e mi faceva venire ancora e ancora... e ancora... seppi di aver preso la decisione giusta. Il mio corpo amava quell'uomo, come anche il resto di me. La sua natura esigente mi completava del tutto: il salato al mio dolce. O il dolce al mio salato... quello in realtà dipendeva dal mio umore. Ma tornando al discorso.

A un certo punto, Kingston mi mise in ginocchio e passò diversi minuti a sculacciarmi, mentre io ridevo e cercavo di scansarmi dalla sua mano. Lui semplicemente mi stringeva più forte, ringhiando il mio nome mentre mi ricordava tutte le cose che secondo lui avevo fatto per meritarmi le sue sculacciate. Cose, come la sua nuova ossessione per i cupcake alla cannella e le sue docce che duravano più a lungo per il bisogno di masturbarsi pensandomi in certe posizioni, come quella lì in quel momento. Mi faceva ridere mentre fingeva di punirmi, ed era una cosa che non vedevo l'ora di fare ancora e ancora nel prossimo futuro.

Quell'uomo, quel drago, era tutto mio. E anche se non mi sarei mai aspettata una storia che durasse più di una notte, non vedevo l'ora di scoprire cosa sarebbe successo tra di noi. Non mi sarei mai annoiata, quello era sicuro.

Avrei anche dovuto trovare nuovi modi per farlo impazzire, per farmi sculacciare di nuovo.

Così avrei potuto chiamarlo papi.

EPILOGO

GINGER

"**S**cendi da lì, ragazzina."

Dio, a Kingston piaceva davvero vivere al limite. E con 'limite', intendevo il limite della mia pazienza.

Mi allungai un po' di più, mordendomi la lingua mentre cercavo di raggiungere la piccola punta argentata che invece sembrava volersi allontanare da me. "Mai. Devo solo battere questo chiodo."

"Sai, se volevi battere bastava dirlo. Pagherei volentieri per i tuoi servizi."

Ah, gli scherzi sulla prostituzione. Sempre divertenti. "Basta che non mi fai mancare del buon vino e tanto gelato. I servizi sono offerti dalla casa."

"Buono a sapersi. Ora vuoi dirmi perché ti trovi in una posizione così precaria, o devo indovinare?"

Per 'precaria' Kingston intendeva 'in piedi su una scala di fronte alla pasticceria', ad allungarmi verso destra quanto il corpo mi permetteva. Beh, non ero tanto in alto da morire se fossi caduta, ma… non era neanche la cosa più prudente che avessi mai fatto. Ma a lui non lo avrei mai detto.

"Volevo appendere le lucine prima che venisse la neve."

"Ciao, mi chiamo Kingston e sarò per sempre la tua personale creatura alata. Chiedimi aiuto nel momento del bisogno."

Io gli feci la linguaccia, combattendo contro un sorriso in risposta al suo. "Alcune cose mi piace farle da sola."

"Tipo metterti in una posizione da cui potresti romperti diverse ossa? Dobbiamo cambiare questo tuo modo di fare, Fiamma. La sicurezza al primo posto e via dicendo."

"Forse domani." Mi allungai un altro po', armeggiando con il martello. "Fatto!"

Persi l'equilibrio nel momento esatto in cui fissai la lucina al muro. La scala sembrò scivolarmi da sotto i piedi e il cemento mi venne incontro a una velocità impressionante. Ma non toccai il marciapiede. O meglio, colpii quello che mi sembrò un muro di mattoni, ma con due braccia che rallentarono la mia caduta e un profumo che calmò il panico dentro di me.

Un muro di drago.

Il mio drago.

E dio, se era irritabile.

"Destino mio, ragazzina. Non ti lascio mai più da sola," disse lui, con un ringhio lungo e profondo. E per niente sexy. Sì, beh. Ero sempre una bugiarda che diceva bugie.

"A volte dovrai farlo. Com'è andata al lavoro?"

Il mio compagno si era trasferito a Kinship Cove per cogliere l'opportunità di espandere la sua clientela. Almeno, era quello che mi raccontavo: sapevamo entrambi che l'aveva fatto per essermi più vicino. Bugiarda che raccontava bugie, sì? Kingston dava consulenze ai pescatori locali su come distribuire meglio i loro prodotti. Esistevano servizi di spedizioni fornite da draghi, a quanto pareva, e lui aveva una rete di amici in grado di trasportare il pesce da Kinship Cove fin oltre le montagne e alla più vicina città di mutaforma. A pagamento, ovviamente.

"Al lavoro tutto bene. E tu? Qualche nuovo dolce da assaggiare?"

Gli sorrisi mentre lui mi faceva entrare in pasticceria, senza mollare la presa su di me. "Ormai hai un debole per i dolci."

"Solo per i tuoi," rispose lui, poco prima di baciarmi. "Mmh, piccante."

"Ancora."

Il mio uomo si avvicinò per un altro bacio, sempre tenendomi in braccio ma spostandomi perché gli avvolgessi le gambe intorno ai fianchi, mentre lui con le mani mi reggeva il sedere. E mi tormentava con carezze e palpate. Poi mi attaccò al muro, premendomi contro la sua erezione e ringhiando dal profondo del petto.

"Dovremmo andare a casa," dissi io, e dimenai i fianchi per fargli capire cosa volevo. Non avevo mai problemi a tale riguardo. L'uomo era insaziabile e assolutamente ossessionato dal darmi piacere. In quanto a orgasmi eravamo nella media di cinque a uno per me. Non che mi lamentassi.

"Hai ragione. Mi dispiacerebbe dover sculacciare questo bel culetto sodo dove tutti potrebbero vederci."

Mi pizzicò il sedere, come per ribadirlo. Io saltai per la sorpresa. O per l'anticipazione. "Non so perché dovrei meritarmi una sculacciata. Stavo solo facendo il mio lavoro."

"Il pericolo non rientra nei tuoi compiti. Come pure i lavori elettrici."

"Sono la titolare di un negozio. Qualsiasi cosa rientra nei miei compiti."

"Beh, facciamolo rientrare nei miei, allora."

"Tu non lavori qui."

"Potrei. E lo farò, per tutto questo genere di cose." Mi baciò di nuovo, facendomi scendere dalle sue braccia. "Chiedimi di aiutarti, Fiamma. Farò volentieri tutto ciò di cui hai bisogno."

"Bene." Girai il cartello in vetrina su 'CHIUSO' e mi affrettai a chiudere la porta, girando la chiave per poi voltarmi e invitare con un dito quell'uomo che mi faceva assolutamente impazzire... nel miglior modo possibile. "Ma lasciamo stare la scala."

"Davvero?"

"Davvero. Potresti cadere."

"No invece."

"Invece sì. E sei più vecchio di me. Potresti non riprenderti così in fretta." Lo trascinai in cucina, trattenendo un sorriso mentre lui mi guardava imbronciato. Oh, quell'uomo era troppo divertente.

"Mi riprenderei benissimo."

"Potresti romperti un'anca. E poi? Come fai a tenermi felice e al sicuro se sei immobilizzato, papi?"

Ecco fatto. Kingston ringhiò forte e mi afferrò da terra, spingendomi contro la porta sul retro mentre praticamente già ansimava. Le sue pupille erano ovali come quelle di un gatto, la sua pelle stava diventando sempre più scura e si vedevano comparire le prime squame. Adoravo far affiorare il suo drago. Amavo il suo lato animalesco.

Specialmente quando eravamo a casa e potevo spogliarlo.

Dato che la nudità era stata bandita dalla pasticceria.

Chissà perché.

"Casa," dissi, desiderando molto più di quello di cui avrei dovuto accontentarmi, sul luogo di lavoro. "Subito."

"È una richiesta, compagna?"

"Sì."

"Beh, allora ok."

Così eravamo in volo. E io non feci che ridere per tutto il tempo.

Essere la compagna di un drago mutaforma era la miglior cosa al mondo, soprattutto per gli spostamenti.

Non che avrei mai detto a Kingston di quel particolare vantaggio della nostra relazione.

Ok, bene... magari glielo avrei detto. Ma solo per farlo volare più veloce. Volevo le sue mani su di me, non gli artigli. Volevo sentirlo sopra di me a terra, non in volo. Avevo bisogno di lui.

Ogni minuto.

Tutti i giorni.

E forse... solo forse... per sempre.

Chissà.

DALLO STESSO AUTORE

Kinship Cove: Peccati di Gola

Candied Wolf: Edizione Italiana

Sugar Dragon: Edizione Italiana

Honey Bear: Edizione Italiana

L'AUTORE

Narratrice per passione sin dalla tenera età – nonché una delle migliori autrici di bestseller secondo USA Today – Ellis Leigh è cresciuta in una famiglia in cui non sono mai mancati né racconti inquietanti sul paranormale né storie d'amore. Il fatto che non fossero sempre storie a lieto fine l'ha particolarmente ispirata a scrivere sulla vita, sull'amore e su tutte le loro difficoltà. In campagna o in città, che si tratti di streghe o lupi mannari... Se c'è dell'amore in giro, lei ci scriverà un libro. Ellis vive nell'area di Chicago con il marito, le figlie e un pastore tedesco sempre al suo fianco.

Tocca la sfera dell'erotismo nei racconti che scrive con l'amica Brighton Walsh sotto lo pseudonimo di London Hale, e porta il suo stile distintivo nel regno del mistero presentandosi come Millie Thorne.

Iscriviti alla newsletter di Ellis Leigh per tutte le ultime notizie da Kinship Cove.

Diventiamo amici!

www.ellisleigh.com
ellis@ellisleigh.com